【潍坊法治文化丛书】

丛书主编／王立杰　本册主编／孟中洋

微说

小说中的法治

济南出版社

图书在版编目(CIP)数据

微小说中的法治/孟中洋主编. —— 济南:济南出版社,
2015.12(2024.2重印)

(潍坊法治文化丛书)

ISBN 978-7-5488-1966-0

Ⅰ.①微… Ⅱ.①孟… Ⅲ.①社会主义法制—法制教
育—中国—普及读物 Ⅳ.①D920.5

中国版本图书馆CIP数据核字(2015)第316510号

潍坊法治文化丛书　微小说中的法治　丛书主编　王立杰　本册主编　孟中洋

责任编辑	朱向红·朱 琦		印　刷	山东百润本色印刷有限公司	
封面设计	侯文英·张 倩		开　本	150 毫米×230 毫米　1/16	
			印　张	13.5	
出版发行	济南出版社		字　数	200 千	
地　址	济南市二环南路 1 号		版　次	2015 年 12 月第 1 版	
邮　编	250002		印　次	2024 年 2 月第 2 次印刷	
网　址	www.jnpub.com		定　价	49.80元	
电　话	0531 - 86131726				
传　真	0531 - 86131709		发行电话	0531 - 86131730	
				86131731　86116641	
经　销	各地新华书店		传　真	0531 - 86922073	

序/把法治根植于文化沃土

这套丛书是探索法治与文化深度融合、推进法治文化建设的一次新尝试。

法治是现代国家治理的重要组成部分,而普法宣传教育则是推进法治建设进程的不可或缺的途径和手段。中共十八届四中全会就全面推进依法治国专门做出《中共中央关于全面推进依法治国若干重大问题的决定》,明确提出:"依法治国,是坚持和发展中国特色社会主义的本质要求和重要保障,是实现国家治理体系和治理能力现代化的必然要求,事关我们党执政兴国,事关人民幸福安康,事关党和国家长治久安。"

四中全会《决定》为新形势下深入开展普法工作,提供了良好机遇和广阔空间。特别是《决定》鲜明地指出:"必须弘扬社会主义法治精神,建设社会主义法治文化,增强全社会厉行法治的积极性和主动性,形成守法光荣、违法可耻的社会氛围,使全体人民都成为社会主义法治的忠实崇尚者、自觉遵守者、坚定捍卫者。"围绕这一课题,潍坊市经过深入调研和论证,确定了"打造普法平台、根植群众生活"的思路,并力图借助"文化"这一群众喜闻乐见的形式,将法治建设根植于文化沃土,用不拘一格的形式,突出地方特色,实现法治与文化深度融合,使人民群众和社会各界在潜移默化中受到法治教育、树立法治理念、提高法治意识和依法行事的能力和自觉性。

经过前一阶段的实践证明,以法治文化建设为切入点来推进普法,社会认可度、接纳度高,群众性、操作性、实效性强,是弘扬主旋律、传播正能量,使普法宣传教育更加接地气、贴近生活,更富生机和活力的一种非常可行的形式。

推进法治文化建设,必须立足本地、突出特色。潍坊市是一座历史悠久、底蕴很深的文化名城。在这块热土上,世世代代的劳动人民创造了璀璨的文化财富,相当一部分经过积淀和优化,已成为有代表性的优秀和先进的文化成果。如源自明代的潍坊风筝、杨家埠年画、高密扑灰年画、高密剪纸,以及红木嵌银、刺绣、核雕、仿古铜等都已成为潍坊的历史文化名片,而潍坊书画、青州农民画、临朐小戏短剧、寿光漫画等新兴文化种类也越来越闻名遐迩。

这些极富地方特色的文化品牌之中,蕴含着极为丰厚的法治元素。这些法治元素由于所处时代不同,或原始、或修饰,或奢华、或朴素,或进步、或平淡,或直白、或隐喻,但无论如何,都值得好好地提取并客观评述,以去粗存精、去伪存真,发扬光大。

这套丛书便是在总结前一阶段工作基础上,将整理后的潍坊文化中的进步法治元素,根据当时形势要求,进行复制、评述、放大、传播、辐射、弘扬的一次尝试。丛书将撷取和突出极具潍坊地方特点的年画、剪纸、漫画、剧本、农民画等方面的文化遗产和现阶段新兴的先进文化特色,每册突出一个主题,通过汇集、整理古今文化作品及邀请民间艺术大师和文艺爱好者新创作的作品,向读者奉献一份精神大餐。丛书还将根据法治文化的不断挖掘,陆续推出新的分册。

本丛书的出版,始终在山东省司法厅和普法办、潍坊市普法领导小组的领导下进行。丛书由潍坊市普法办牵头组织编写,并得到了潍坊市文化广播新闻出版局等单位的大力支持。潍坊市各相关县市区司法局和普法办分别承担了相关分册的编写任务。济南出版社为本丛书出版也付出了努力。对此,一并表示衷心的感谢。

柏拉图曾说,"法律是一切人类智慧聪明的结晶,包括一切社会思想和道德"。我们相信,立足潍坊特色文化的"潍坊法治文化丛书"的出版必将推动全市文化与法治建设的相互促进、共同繁荣,并有效助推法治建设的深入。我们期盼社会各界对本丛书的批评指正。

王立杰

2015 年 9 月

前　言

　　为进一步推进法治文化建设，提升普法依法治理的群众性和影响力、感染力，调动社会公众参与法治建设的积极性和主动性，2015 年 6 月，潍坊市司法局和市普法办公室联合市文化广电新闻出版局、市文学艺术界联合会、潍坊日报社、市作家协会等部门组织开展了法治微型小说征集大赛活动。活动历时一个半月，得到了广大文学爱好者的热切关注，共收到来自全国 18 个省份 307 名作者创作的 400 余篇作品。参与者中既有耄耋老人，也有在校中小学生；既有专业作家，也有业余作者；既有机关、企事业单位工作人员，也有其他行业从业人员，社会各界参与广泛。

　　为推选出优秀应征作品，主办方专门组织了专家评审会，并特邀《小小说选刊》主编秦俑、法律出版社政务分社社长张瑞珍等担任评委。评选出一、二、三等奖和优秀奖若干。

　　这些应征作品或成熟，或稚幼，但不同程度、不同角度和侧面表达了社会和群众对法治建设的渴望，对美好社会现象的赞美和对丑恶现象的鞭挞，体现了社会主义核心价值观背景下的正确导向，是弘扬和传播正能量的好作品。

　　为进一步扩大这次活动的效果，发挥社会法治宣传作用，我们将部分获奖作品辑录成本书，希冀以此让更多的读者看到、听到、感受到法治与生活的密不可分，从而在全社会营造良好的尊法、学法、守法、用法的法治环境，更加繁荣法治文化并助推法治建设进程。

编　者

2015 年 9 月

目 录

一排树

李子红

文明挂了电话，吆喝了一群工友，抄起家伙"呼啦"就上了三轮车。

娘刚才电话里哭着说，小号正在砍自家地里的树。

不让栽树啊，俺自家地里爱栽啥栽啥，谁管得着！

他和媳妇在社区工厂打工，没有时间侍弄地，爹娘也年纪大了，与其把地闲置起来荒着，还不如栽上树，一棵树就是一锭金呐，这可是文明家的"银行"，有人毁了"银行"，这还了得。

栽上树这还不到一月呢，就碍着他小号家的麦子了？瞎扯淡！

文明的火气直往头上涌，血脉贲张，涨得脸黑红黑红。一同来的工友在身边煽风点火，煽得他的胸膛跟三轮车似的"突突"起伏着，直冒火星。

老远就望见爹和娘跟小号在林子里撕扯着，文明红了眼，不等三轮车停稳，一抬腿就跳了下来，斜蹲在地上，手里的半截钢筋"噔啷"一声落了地。

他摸起钢筋，拼了命往林子里跑，谁把俺家的树砍了，俺就砍谁的脑袋。

一棵树已经被拦腰斩断，白花花的树茬暴晒在阳光下，文明手里的钢筋"咔嚓咔嚓"响，恨不得把小号的头一钢筋从脖子上抡下来才解气呢。

文明手里握着钢筋，小号手里攥着铁锨，身板都挺得硬梆梆的，青筋暴起，好像一碰就断。文明后面跟着一群手里拿着家伙的工友。

仇人相见，分外眼红，就连空中的布谷鸟也停止了叫声，械斗一触即发。

"住手！"两家正剑拔弩张，远处传来一声呵斥。所有人都被这喊声镇住了，都不由得顺着声音望去。

是普法办老王，他听村民说"打起来啦"，没来得及问明缘由就急匆匆赶来。普法办"法律进村居"，开展依法治理，化解矛盾纠纷，老王驻扎在村里快半年了，从他来的那天起，村里玩牌赌博等恶习销声匿迹。

文明家的地紧挨着小号家的麦田，地里的树一排排非常齐整，枝头正吐着绿，一派苗壮成长的势头，边上的这排树离小号家的麦田仅一步之遥，麦田正抽穗。

小号看文明人多势众，心里打怵，见普法办老王来了，有主持公道的了，就像见了救星，就朝老王说起砍树的由头。

"他家这排树离俺家地这么近，根扎到俺家地里争肥，麦子拔不出节来，打不出正经粮食，还有这么欺负人的吗?"

老王明白了个大概，好说歹说叫人群散去，又把文明的爹娘劝回家。文明火气正旺，一戳一蹦蹦。

就剩下他们三个人了。

老王瞅了瞅小号，又瞅了瞅文明，没有言语，围着这棵断了的小树走圈，走到麦田里丈量着，把麦苗踩扁了，踩得小号的嘴一张一张的。

走了一会儿，看文明的火苗没有那么旺盛了，就停了下来。

他看了这两人一眼，收回目光，朝向小树，慢吞吞地说："我看这棵速生杨不到一年半载的就会这般粗。"老王伸展双臂，双手张开一个碗口大的圆形。

不等两人发话，又指了指他刚才围着树走的圆圈，这个圆圈延伸到麦田里，"文明啊，你家的树根不到一年就伸到小号家地里，这个不假。人道是，树头有多大，树根就扎到多远，不知你们俩懂不懂这个理。"

文明又不是不明事理的人，不由红了脸。自家树是离小号家地近了些。

老王看火候已到，赶紧赞扬文明是条顶天立地的汉子，村里老少爷们没有不佩服文明的，就连他老王也敬文明三分。你小号理亏，多大个事啊不先找文明商议商议，心眼跟针尖似的，一排树不就是离麦田近了些嘛，邻里乡亲的，还动刀动枪，要是进去了还过啥日子啊。

小号手里的铁锨"咣当"一声落地，纳纳的，说不出话来。那我赔偿他家的树苗……

文明一步向前，拾起铁锨，小号一怔。

"还真没想到俺家树碍了他家麦田。"文明朝着小树一锨扎去。"富不富不在这排树上。"

拔掉了一排树苗，老王长舒了一口气，说："小号啊，你打了麦子得请文明吃新麦面馒头啊。"

窃画者

桂忠阳

　　上海某高级宾馆会议室里的名画《群马图》突然失踪了，宾馆保安立即向公安局报案。上海警方一接到报案就赶到现场侦查，只见装饰《群马图》的画框还在，名画却不知去向。宾馆负责人介绍说："《群马图》是国内某大学美术系田教授的得意之作，可以和徐悲鸿的《奔马图》相比美，我们是花了几十万元买来的。"

　　警方的张队长说："你们知道是什么时候失踪的吗？"

　　宾馆负责人想了想说："上个星期好象还在，今天是星期三，也就是三五天时间吧。"

　　张队长和另外两名干警商量了一下，然后对负责人说："名画失踪你们先不要声张，找一幅画代替装上去，发现什么线索及时和我们联系。我们会立案侦查的。"

　　回到公安局后，张队长向局长汇报了案情。局长决定，在本系统内向全国通报案情。

　　几个月很快过去了，案件没有一点进展，宾馆方面也提供不出任何有价值的线索。张队长的眉头结在了一起，究竟是什么人盗走了名画？目的何在？难道他不是想钱吗，为什么不出手卖掉名画？

　　正在张队长焦虑的日子里，深圳市公安局传来了一条重要信息：在深圳中华文物商店出现了《群马图》，标价是 50 万元。张队长看了信息十分兴奋，向局长汇报后就带领专案组成员直奔深圳。

　　这一天，深圳中华文物商店来了两名外地顾客。他们走到《群马图》面前，看了看标价，又看到所有者署名是秦进，然后问服务员："我们想买这幅画，能不能便宜点？"

服务员说:"这个我们不能作主,要画的主人同意。"

外地顾客说:"你能不能把画的主人请来,我们当面谈谈。"

服务员打电话向经理请示后说:"可以,你们请在楼上会客室稍等。"

半个小时后,服务员上楼来说:"画的主人一直联系不上,你们是不是改天再来?"

外地顾客说:"好吧,我把手机号码留给你,一旦联系上了立即告诉我。"

三天过去了,外地顾客一直没等到服务员的电话。这天他们又来到中华文物商店,一看挂画的地方,他们大吃一惊,《群马图》已不知去向。他们连忙问服务员,服务员说:"今天早晨作者来把这幅画拿走的,他说要到法国留学,急等钱用,不放在这里卖了。"

两名外地顾客心中一愣:作者要出国?是不是想把这幅画也带出国?年纪大的说:"不是说好我们要买吗,他干嘛要拿走呢?"服务员:"不知道。"

他们失望地回到宾馆,年纪大的说:"他怎么突然把画拿走了呢?难道出了什么问题?"年轻的说:"不会吧,他都没和我们见面。能出什么问题呢?"

这时宾馆服务员送来当天的《深圳日报》,年纪大的便拿过报纸翻看。突然一条信息引起了他的注意:地王大厦十楼拍卖文物和书画。他立即说:"走,我们赶快到地王大厦去看看。"

地王大厦十楼拍卖大厅里,拍卖师正指着《群马图》说:"这幅画起价五十万,现在拍卖开始。"大厅里不少人在窃窃私语,吃不准这幅画的价值。好几分钟过去了,没有人举手。年纪大的外地顾客把手举起来说:"五十万我卖了。"拍卖师报了三遍五十万,没有人竞争,便一锤敲下去说:"成交!"

在拍卖大厅会客室里,外地顾客对经理说:"我们想见见这幅画的主人。"经理说:"行。"不一会,一个三十多岁不修蝙蝠的男人走进会客室。经理向外地顾客介绍说:"他就是画的主人秦进同志,你们谈吧。"说完就起身回办公室去了。

外地顾客中年纪大的人把秦进仔细打量了一会说:"这幅画是你自己画的吗?"

秦进说:"是啊,难道你们对此有什么怀疑吗?"

年纪大的人说:"据我们所知,上海某宾馆会议室里就丢失了一幅这样的画。"他边说边观察着秦进的反应。

秦进说:"你们是不是怀疑我这幅画是偷来的?实话告诉你们吧,我是花了三万块钱在苏州文物市场上买的。当时看到画上的署名我就很纳闷,田教授是我的老师，他怎么能把我的画署上自己的名字呢？我花钱买了我自己的画，因为它是我在某大学毕业时的作品。"

年纪大的人拿出警官证，让秦进看了后说："对不起，请你带上这幅画和我们走一趟。事情会弄清楚的。"原来他就是上海警方的张队长。

当天下午，他们就乘飞机回到上海。

在上海市公安局审讯室里，张队长对秦进说："你说这幅画是你的作品，你买下时为什么不问问画是从哪儿来的？"

秦进说："我没想那么多，也许他是偷来的，我只想买回自己的画。再说田教授是我的老师，我怕伤了师生之间的和气。我更不知道田教授会在《群马图》上署上自己的名字，把画卖给宾馆。"

张队长接着说："你要到法国去，是不是害怕我们追查？"

秦进平静地说："我要害怕就不会公开拍卖，也不会公开地让你们来抓我。"

张队长冷笑一声说："说得还振振有词，你敢和田教授对证吗？"

秦进沉默了一会说："当然敢，不过那样做田教授会很难堪。"

张队长嘲讽地说："是吗，难堪的是谁还不知道呢。"说完就一拍手，只见田教授从门外走了进来。张队长请田教授坐下后说："教授，这位就是秦进同志，他说《群马图》是他的作品，你对此有何看法？"

田教授铁青着脸，望着秦进摇摇头说："我没想到带出了这样的学生，他说《群马图》是他的作品，那就请他说出根据吧。"

秦进难过地说："田老师，我也没想到我们会以这样的方式见面。你以前是我尊敬的老师，可是我没想到你会做这样的事。我想问老师，你说《群马图》是你的作品，那么你能说它有什么特征吗？"

田教授一愣，然后镇定地说："这个还用你教我吗？它的特征就是我的用笔，这和我的其他作品创作手法是吻合的。"说到这里，田教授从包里拿出几幅作品，向在场的公安干警展示说："请同志们看一看，这几幅作品和《群马图》风格是不是一样？"然后他又转向秦进，"秦进，你说不是我的作品，那就请你说出它有什么特征吧。"

秦进不假思索地说："我当然能说出来，只是那样会损害老师一生的声誉。"

田教授傲慢地说："笑话，还不知道影响哪个的声誉呢？哼，别装腔作势了，有证据你就说吧。"

　　秦进叹了一口气说："既然如此，我就说吧。请各位注意，你们用放大镜仔细看一看每匹马的马尾巴，它们上面都有用篆体构成的秦字，那是我巧妙地运用马尾巴的线条把秦字藏在里面，也是我保护知识产权的一种尝试，这就是我的证据。"

　　张队长立即叫人拿来放大镜，和审讯人员仔细地看了每匹马的马尾巴，惊奇地发现果然那里面都藏有一个篆体的秦字。

　　当张队长抬起头来，正要询问田教授时，却发现田教授的座位空了。

画钟馗

郭泰然

王法官喜欢中国画，清雅的山水让他着迷，而他尤喜欢钟馗捉鬼图。正巧周末休息，他收到了一个画展的邀请，说是请他为画展捧场。那里正在举办中国画展，有山水画，也有人物画。他想："这是个好事呀，有空闲时光在这水墨之间流连，也是让自己放松放松。"于是周末下午，他步行去了美术馆。他看完了山水画，又看人物画。在一幅钟馗的画前，他仔细地欣赏着。看那钟馗刚毅的表情，深邃的眼神，世所共知的抓鬼除恶的善行，让他敬仰，膜拜。这欣赏似乎也是对他自身从事审判工作的深刻认同吧。

他正在画前出神之际，有一位气度不凡的中年男人凑上前来。这位男子恭敬地站在旁边许久，然后满脸堆笑地说："王法官，我是一个画商，我看您与这幅画有缘啊，这幅《钟馗图》是出自名画家之手。如果你喜欢，我可以相送。"王法官说："你认识我吗？这画我就是欣赏欣赏。"说罢淡然一笑。画商说："我在报纸上看见您的先进事迹，甚为感动，就是想交您这个朋友，苦于无缘相见啊！您请楼上一坐吧？"王法官想到：既然是做文化的商人，必定见多识广，聊聊也是好事。就在画商的热情引导下上了二楼。

二楼也是字画的世界，许多古代字画是他没有见过的。画商要沏茶，王法官坚持只喝清水，于是这两位年龄相仿，经历迥异的人开始了攀谈。画商果然见多识广，天南海北，博古论今，尤其是对中国书画的了解更是非比寻常，还一直说看中哪幅随便拿。王法官是个有原则的人，他从未收过不正当的馈赠，他猜想商人是想和他做生意呢。果然，商人开始说他的弟弟有一个商业纠纷官司，而这个官司正是他经手，他希望王法官能够帮忙。王法官想今天这是个局啊，我该走了。于是，他听了一会儿，便要走。商人极力挽留，想请他到山庄吃饭，他笑一下，说道："君子之交淡如水，告辞了！"

走到一楼的时候，王法官看都没看那幅《钟馗捉鬼图》。他明白自己不会掺和这种肮脏的交易。走出门口，商人依然满脸堆笑，说要带上《钟馗捉鬼图》拜访他。他哈哈一笑，说到："我敬仰钟馗，你却想让我当钟馗刀下的鬼啊，哈哈……"

马路边的枫叶在风中刷拉拉的响，傍晚的天色渐渐地暗下来了，王法官想到那个商人要把钟馗的画像送给他时，笑容是那么的殷勤。但是他知道藏在这笑容下的真实意图是鬼魅，自己拒绝他的正是也就是行的钟馗之道。

小伟的心事

傅　新

半夜里，小伟在梦中嘤嘤地哭了。

妈妈晃动着她的肩头，一边喊着："小伟，小伟！"一边按亮了灯。

小伟醒了，看清是在妈妈怀里，说："妈妈，我怕！"

妈妈看她很害怕的样子，抱紧了她，说："不怕，不怕！小伟做噩梦了，妈妈抱着你呢！"

小伟流着泪："妈妈，我梦见同学们说我爸爸受贿了人家的钱，受处罚了，同学们都在议论这件事，他们看不起我了！妈妈，怎么办呀？"小伟还是哭。

妈妈说："你是在做梦呢，不是真的！你爸爸一向廉洁，他昨天出发去了，明天就回机关。你睡吧，咱还能信不过你爸爸？"

"可是……"小伟没有了睡意，她向妈妈说出了心中的忧虑。

小伟虽只有八岁，已经读二年级了，是个品学兼优的好学生。在家里爸爸妈妈疼爱，在学校里老师同学们喜欢她。她本来是无忧无虑很轻松的，最近以来却有件事像砖头压在她心上，常使她做噩梦。

小伟爸爸在纪委工作，妈妈在工厂上班。上个星期天，妈妈去工厂了，爸爸歇班在家，小伟在做作业。突然有人敲门，进来一个中年男人。那人好像跟小伟爸爸认识。爸爸让那人坐，要小伟去另一间房里学习。这两室隔着薄墙壁，那边说话，小伟在这边也能听到一些。来的那人喊小伟爸爸一口一个马科长，小伟虽不太懂他们说些什么，但似乎也听出那人犯了错误，是来求小伟爸爸给他说情的。他们说了一会儿话，那人最后拿出了个装着钱的信封，："马科长，这是5万元，我的事全靠你了！"小伟爸爸坚决不收，那人死活要送，最后将钱袋扔下就跑了。小伟爸爸换下拖鞋，拿着钱袋就去追，也没有追上。爸爸回来时，小伟的作业完成了。她看爸爸坐在沙发上皱着眉头想什么，便指着他手中的钱袋，问道："爸爸，这是钱吗？"

"你不要问。"爸爸说。

"爸爸,他送给咱?你收下了?"

爸爸没有好心情回答小伟,一边在想着什么,一边说:"你小孩子家不要多问,去学习吧。"

小伟是个听话的孩子,爸爸很严肃地说不让问,她就不敢再问了,但这事却一直沉甸甸地压在她心里。她总觉得爸爸没把那钱送回去,就可能收下了。她在学校多次听老师讲要遵纪守法,在学校里要做一个好学生,长大了要做一个好公民。要严格要求自己,正正当当做事,堂堂正正做人。老师也讲过犯错误受处罚的案例给同学们听。小伟都记在心里。回家后她把老师说的话讲给爸妈听,爸妈说:"照老师说的做没有错。"可现在爸爸要是收了人家的钱的话,就得为犯错误的人说好话,这还算堂堂正正吗?那是要犯大错误的。小伟放心不下,总想再问问爸爸。爸爸却总是说:"我跟你说过了,小孩子家不要多问大人的事。"小伟不敢再问了,却一直放心不下。

妈妈听了小伟的心事,说:"小伟,你怎么不早跟妈妈说呢?"

小伟说:"爸爸没告诉你?爸爸对我说,这事对谁也不要再讲了。"

妈妈想了想,说:"等爸爸回来,我问问他。你睡吧,明天要去上学呢!"妈妈轻轻拍着,让小伟睡了。

第二天下午放学后,妈妈开车去学校接小伟,又顺道去纪委机关接小伟爸爸。她们进大院刚下车,就遇上纪委办公室肖主任也从一辆车上走出来。

肖主任迎上来说:"大嫂,你这是来接马科长?你可真算得上是贤妻良母啊!"

小伟妈妈说:"肖主任,你这是出发吗?"

肖主任上前笑了笑,压低了声音说:"退贿去了。有人给你家马科长送贿五万元,马科长交到了办公室,我们帮他退回去了。老马这人廉洁,领导又表扬他了。"

"噢,……噢,……"小伟妈妈连连点头。

小伟在妈妈身边也听明白了,那五万元爸爸退回去了,她放心了。

这时,机关也下班了。小伟看到爸爸从办公楼里出来了。她立即张开双手扑了上去,连声地喊着:"爸爸!爸爸!"

爸爸抱起了小伟,亲了亲她。

小伟也去亲爸爸,附着爸爸的耳朵说:"爸爸,我爱你!"

小伟妈妈在旁边开心地笑了。

房子与镯子

隋恩参

望着亮丽的太阳、明媚的天空，刘进坚陷入了沉思。

"爸爸，我问你个问题，你说什么房子最贵?"早饭后准备上班时，女儿奶声奶气地问。

"当然是别墅最贵了。"

"不对，监狱的房子最贵。"

"对，监狱的房子最贵。"刘进坚看看表，附和着出了门。

"老同学，这点小事你还不是手到擒来。这是五十万，事成之后还有重谢，买房子的事情你就不用愁了。"

"这不好吧?"

"这算什么? 你知我知天知地知，你就别客气了。"

"爸爸，我考考你。你说什么镯子最重?"

"金镯子呗。"刘进坚不假思索地道。

"错了，手铐最重。"

刘进坚似乎颤抖了一下，然后没好气地说:"小毛孩子知道啥，睡觉去。"

回监的铃声打断了刘进坚的回忆，他抬起头望望天空，然后步履蹒跚地向监室走去。

老 吕

张 艳

杨路跑遍整个县城，终于在一个十字路口找到了一所满意的房子，接着租房、装修、挂牌、开张，开起了一家"好吃餐馆"。生意还算不错。

在"好吃餐馆"对面，还有一家"老吕面馆"，主人就姓吕，年近六十，为人诚实、和善，有些口碑，人称"吕伯"。也许是为人太过老实、本份的缘故，吕伯的面馆一直开得不温不火。

杨路与别人闲聊时得知，吕伯十几年前，是县里一个正儿八经的小税官儿，可不知何因，辞职下海，开起了这家面馆。也许是想改行发大财，也许是仕途不顺，总之，猜测什么的都有。

有一天，杨路亲眼看见，吕伯急急跑出面馆的门，追上一对刚吃完饭的情侣，说："多收了五十元，咱可不取不义之财，退给你们。"

杨路为吕伯的"傻气"而感慨，像这种死脑筋的人，哪适合做生意啊？想当年，吕伯你要不脱"大盖帽"，让家里人出面做生意，既能照应自家面馆，又能过得风光体面，多划算！只可惜，没长花花肠，只有根死脑筋，这一失足啊，真成"千古恨"哪！

三十多岁的杨路可是一个"鬼灵精"，整天琢磨生财掘金的道儿。他在网络上，结识了一个票贩子，随即买回十几本假发票，以假乱真，给顾客开起来，可以少报不少税。

可是，坏事做多了，总有现原形之时。一天傍晚，几名税务员搞突击检查，从"好吃餐馆"的吧台里发现一本假发票，除当场没收假票外，还罚了餐馆两千元。

为这两千元，气得杨路的牙根直痒痒，他有些咽不下这口气，想找个机会，泄泄这股怨气。

那天，杨路去办税厅办事，发现机会来了，有个办税窗口后面换了人，是个女的，二十多岁，手脚有些慢，一看就是新来的。而此时窗口前已经排了十来个人。杨路灵机一动，当即呼喊起来："你们这是啥服务效率，怎么比母鸡下蛋还慢，办起事来磨磨蹭蹭的，这不是在浪费我们大家的时间么！……"

这一下，立即引来一大堆人围观，附和的也不少。

这一招，可真是让对方没话说，众目睽睽之下，那个女税务员的泪水直在眼眶里打转儿，而且，办税厅的一个头头当众赔礼道歉。

这事让杨路非常解气，在酒桌上跟朋友们幺五喝六时，他还得意地说出了这事。

朋友们都夸杨路，打了税务局一记"耳光"，还让他们没话可说，这事干得漂亮！

不过，不知怎么，这事竟然传到了吕伯的耳朵里。

这天上午，很少来"好吃餐馆"闲逛的吕伯登上门来，迎面便说："小杨，你犯了错，人家罚你两千块，这是公事公办，你反跑到办税厅，跟一个女的找借口撒怨气，这事可做得有点儿龌龊啊！"

杨路脸一红，嘴上却不以为然："啥公不公私不私的，反正大家都是为了钱，税务局他们的德行难道就比咱高上一等，您老别替他们说话！"

吕伯坐在杨路的对面，不急不慢地说："大道理我也不跟你多讲，先跟你讲下我过去那点儿事，之后你想走哪条路，我也不拦着。"接着，吕伯便给杨路讲起了他过去当税官时的一段往事。

十五六年前，吕伯在县里一个税务所当副所长，结识了一个开饭店的朋友，外号"王小鬼"。两人关系不错。有一次，王小鬼给客人开假发票，被人举报到了吕伯这儿，而吕伯看在两人多年交情的份上，没有追究下去，而是睁一只眼闭一只眼地放过了王小鬼。为此，王小鬼非常感激。

后来，王小鬼关了饭店，跑到南方去发展，两人见面的机会才少了。可是，再后来，却发生了一件让吕伯十分震惊的事，王小鬼因制售、贩卖假发票和骗取国家巨额出口退税，被抓起来，判了死刑。而让吕伯更为震惊的是。在法庭上，王小鬼当众忏悔时，竟把缘由归到了吕伯头上，他说："时至今日，我最痛恨的就是当年那个放我一马的吕仪，如果我开饭店使用假发票的事儿，他能秉公处理，该罚就罚，我哪能养成后来无所顾忌的胆子，将事情越搞越大。"

王小鬼生前这番怨恨之言，让吕伯又惊讶又惭愧，内心受到了深深的自责和折磨。

吕伯痛恨自己失职、误友，为了"赎错"，便辞了职，在这个十字路口开了一家"老吕面馆"。因王小鬼之事的影子始终挥之不去，吕伯便在经营面馆和待人处事中，恪守法纪，信守诚信，从不沾歪门邪道的边，他希望自己做个好榜样，让家人和亲戚朋友们都不要走了像王小鬼一样的"老路"。

说完这段往事，吕伯意味深长地说："现在，你在假发票上栽了跟头，跟王小鬼初次'失手'一样，是相同的性质，关键是以后的路究竟怎么走。你可不能错上加错，当第二个王小鬼啊？"

吕伯一番话，让杨路深受触动，若不是吕伯上门来劝导，自己还在执迷不悟，对错不分哪！杨路犹如醍醐灌顶，顿时清醒了几分，言语态度间也有了一个一百八十度的大转弯，说："吕伯，您说的是，今天我就去给人家赔礼道歉。今后，不用您老说，我也知道该怎么做人了。"

吕伯微笑着说："这就好。"他神情满意地离开了。

杨路将藏的那些剩下的假发票全都烧了，然后，他驾车向县城中心的办税大厅驶去。他嘴里还念叨自个儿："酒肉朋友不可信，今后啊，我还是学着点儿吕伯，做个本本份份的人才对。"

卫　士

李　青

"多管闲事！"夜色中微醺的李响嘴里低声咕哝着，脚步继续往前迈。

这是个20世纪80年代建起来的老居民区，条件艰陋，但地处城中心、交通便利，加上离自己实习的区公安局不远，李响才选择在这里租房暂住。反正只有三个月时间，租金又不贵，将就着很快就过去了。

听租房的房主张大妈讲，这个小区治安不太好。前几天，原来看门的大刘说啥也不干了。据说就是因为对着爬墙偷东西的人喊了一嗓子，被歹徒暴打了一顿。新来的门卫几乎和李响同时来到这小区，是个满头白发的老头儿，姓关。

李响第一天带着行李来小区，在门口就被这关老头儿问了半天，心里憋了一股气儿。这关老头儿精力充沛，以后每天看到李响，都要搭讪几句，什么年轻人要早起要勤快啦、抽时间要多学习多读书啦……每次李响心里就"嘀咕"一声：我公安名牌大学生，用得着你来指点点？

李响总觉得这关老头儿跟自己过不去。一天下班后便专门穿一身警察制服，故意在老头儿面前晃，又到小区里转了两圈。关老头儿并没有李响想的那样"眼前一亮"，反而没事儿似的说："嗯，穿上这个，好看，精神！"

也怪，自打李响穿警服露了面，小区真的就平安了许多。这几个月都没发生盗窃这档子事儿。小区里的大妈大婶们说，多亏咱小区来了个警察小伙儿。李响既不好意思，又觉得脸上有光。进出小区时，便有意昂起头，用眼角扫一扫窗口的关老头儿。

三个月实习期很快到了。明天就要返校，当晚李响和同学朋友聚餐，一直闹到凌晨一点多。回来时微醺的他发现，关老头儿还没有睡。见了李响，又唠叨说："年轻人不要熬夜、影响第二天工作……"

李响头也不回地来到住处，合衣倒头便睡。一觉醒来，天已大亮，感觉外面一阵吵闹。惺忪之中，似乎听有人说抓了小偷。

李响一激灵，胡乱洗把脸，冲下楼去。只见门卫处，关老头儿一改笑眯眯的样子，威武地站立着，边上两个灰头蓬面的年青人瘫倒在地。一会儿，区公安局的李队长匆匆赶到，径直走到关老头儿面前，一个标准的敬礼："关局长，我们来了！"

局长？这关老头儿原来竟是大名鼎鼎的退休老局长，干警们常常啧啧称道的反扒英雄！李响一下子浮现出白发老头儿坚守小区门岗的幅幅画面。不由得也一个立正，崇敬地向老人举起右手！

"哎！好了好了，小伙子，快扶我一把。昨晚上追这俩小子，扭了脚。老了，腿脚不灵了！"

李响上前一步，搀往老人。真正的卫士，是没白没黑为小区居民守大门的老局长啊，哪里是穿上警服不知天高地厚的自己。刹那间，李响的眼泪竟不听话地一个劲儿往外涌，不知是高兴、感动还是羞愧……

调解主任

沈佃成

乡村的水泥路，不宽但平整。

临近中午，头发花白、快人快语的李二婶提着一篮鸡蛋，站在村口的小桥上，正在张望。

坐在桥边电动三轮车上的刘老汉，站起身，顺着李二婶的目光，一起张望。

"她二婶，你也听说天祥今日出院？"刘老汉问李二婶。

"是啊，大兄弟。我前几天听说天祥住院，就想去医院看他，又去不了，只好等他回家。"说着，手指着电动车上的一袋子水果，"你也是来看天祥的？"

"对，我是来看天祥的。"看到李二婶坐下了，刘老汉打开了话匣子，"不怕你笑话，我那两个畜生儿子，就是天祥制住的。当初，我给老大盖了新房、说了媳妇后，老伴身体就垮了，老二的新房、媳妇就一拖再拖。直到老二三十多了，我东拼西凑、南取北借，还把自己的老房搭上，才给老二搭了个窝，成了家。我也顺便在老二的宅基上盖了两间南屋自己和老伴居住。这不，时间一长，老二两口子嫌我光住他家，往外撵。而老大两口子嫌我没给他们盖南屋，说什么也不要。在我走投无路的困境下，天祥找老大、老二，摆道理，讲法律，又请巡回法庭的法官上门讲案子，这两个畜生才服了。说实话，我老两口有吃有住，多亏了天祥。你说，天祥出院，我能不来看看他吗？"

"我今天能这么开心地活着，也是天祥的功劳。"李二婶一边说着，一边回头看了看水泥路的远端，顺手拢了拢被风吹乱了的头发。"我和儿媳曾十年不搭腔，可现在婆媳俩就像母女似的，别人说起来就眼馋。"看到刘老汉好奇的样子，李二婶来了精神，"说起来是我的不是。"李二婶摸了下耳坠，又扶了扶鸡蛋篮，"当年我儿搞对象，我嫌人家风风火火不像顾家过日子的，就劝儿子不要她，这不，没有不透风的墙，婆媳娘俩就有了疙瘩。一来二去，你刚我强，疙瘩越来越大。老天有眼，天祥当上了调解主任。他是先劝我，又劝儿媳妇，我白过眼，也曾被媳妇撵出家门。可天祥凭他的磨劲硬是把俺婆媳俩捏在了一起。天祥为我俩可是操碎了心，跑断了腿。呸、呸，你看我这张嘴，一说就遛不住马了。"说罢，自嘲地笑了起来。

"吱——"一声急刹车，面包车跳下了二愣子。

"二婶、大爷，在这等人呢？"

"是啊？二侄子。都说天祥今天出院，可天快晌了，怎么没见人呢？"李二婶显得有点急。

"别急，二婶，天祥叔马上就回来。"说罢，二愣子拉开车门，"这不，我买了几个菜，准备给天祥叔接风呢。"

"你小子会办事，"李二婶戳了戳二愣子的头，"你媳妇嫌你吃、喝、嫖、赌、抽，打架闹离婚，现在改了没？"

"二婶，你真是哪壶不开提哪壶，我不是在天祥叔劝说下，改过自新了吗？"二愣子冲着李二婶做了个鬼脸。

"二愣子好多了，他媳妇、他妈到处夸他呢。"刘大爷毫不掩饰他的见闻。

"嘀——嘀嘀——"拉着天祥——一位帮村民解疙瘩、顺心气、化矛盾、断难题的村调解主任的车，缓缓通过村口的小桥，停在了不宽但平整的乡村水泥路上。

桥上众人一起涌上前去。

任　性

梅　夏

炎炎的烈日下，柏油路面上翻腾起一股股热浪，沥青都变得发软，踩上去像踩到棉花上。往远处一看，袅袅的水汽蒸腾着。由于阳光的折射，远处的路面像波涛一样闪着光亮。

蝉儿藏在法桐树的叶子间，翘着屁股鸣叫。

路面的温度有四十多度，路人们都穿着短裤短裙，行色匆匆去寻找那些有空调的清凉之地。

交警钟盾却一丝不苟穿着整齐的警服站在法桐树下执勤。

这时候，远处一辆轿车歪歪扭扭驶过来。钟盾马上擦了一下脸上的汗，快步走到路边，然后一个标准的停车手势让司机路边停车。

轿车歪歪扭扭停下来，差一点就撞到钟盾身上。钟盾敬礼，说："你好，请出示你的驾驶证，行驶证！"司机慢慢降下玻璃，扑面而来的热浪把他冲得头一缩，嘴里说了一句脏话。然后说："哥们，这么热的天还干活，不容易啊。"钟盾没有接他的话，又把刚刚说的话重复了一遍。

司机一伸手，从里面拿出二百块钱，说："兄弟，天够热。来，先去买支冰棍凉快一下。"同时一股酒气喷射出来。钟盾说："请不要影响我执行公务，请配合我们的工作。"说完拿出测酒器："请吹一下。"

司机说："呵呵，哥还就不信了，说吧，多少钱？看到没，哥开的可是宝马，你干个小警察也许一辈子也买不起。有钱就是任性，说吧，你想要多少钱？"

钟盾说："罚多少钱，出来检测结果以后我们会根据相关规定处理，现在请先配合我工作。"司机说："真他妈不开窍。我就喝酒了，怎么的吧？"钟盾说："那请下车到医院检测酒精含量。我们必须为你的安全负责。"司机说：

"我就不想安全，我就活够了，我就开着车自己找死，我自己的事管你屁事啊?"钟盾也有点火了，声音提高了八度："你自己活够了，可是我们要为千千万万的行人负责，他们是无辜的，让你这样的马路杀手存在，会造成多少隐患，你知道吗? 请你配合我的工作!"

司机也火了："你他妈不就穿着这身皮吗? 你脱下来信不信老子弄死你……"钟盾说："你侮辱我，威胁我，影响我执行公务，我完全可以让我的同行把你抓到派出所去。可是我不跟你一般计较。请先配合我们工作。"

司机看到硬的不行，又来软的："兄弟，别生气，咱都是自己人。你知道我姐夫是谁吗? 交警队的马队长。看我姐夫的面子，放一马。"

这时候马路上已经聚集了一大群看热闹的人。因为一段时间的争执再加上气愤，钟盾身上的衣服已经完全湿透了。同时几个同事也围过来支援。

这时候，司机把电话递给他："兄弟，马队电话，请接一下吧。"钟盾说："抱歉，我正在工作，不接。请先配合我们工作。"然后又补了一句，"有权也不能任性。"声音铿锵有力，围观的群众不知不觉为他鼓起了掌。同时又声讨司机，说："警察不敢揍你，信不信大伙揍你一顿?"司机怕犯众怒，终于低了头。两个警察把他拉到警车里，去医院做检测了。

钟盾听到自己的电话响，一看是马队打来的，他咬了咬牙，做好了挨批的准备。接起来，马队却说："我都听到了，你做得对! 这也是我的意思。有权也不能任性! 严格执法，不畏强暴，是我们每一个警察的职责。

这时候，一个漂亮的姑娘走了过来，说："钟盾，我支持你! 我都看到了。原先我只认为当警察威风，没想到还要受这么多委屈。下班到我家，我给你做好吃的。"钟盾调皮地给自己女朋友敬了个礼，说："谢谢! 你先去忙吧，我还要继续执勤呢。"

守护这一片绿色

郑博心

"小桦树，我们要放学了，这一天你过得好么？我考试考了一百分哦！"

"太好了，恭喜你！我过得很好，你快走吧，不然一会儿门卫大叔又要找你麻烦了。""明天见！"春风扫过青石小路，伴着柳叶舒展，他加快了脚步跑出门去。校门前几个初二男生看到这也忍不住悄悄议论着，"凯子，你快来看，那小子又来了，他好像是个傻子，每天都跟一些花草树木讲话，真是有病。""你可别这么说"，其中一个胖胖的男生打断了他的话，"他是我小学同学，叫杨果，我们都叫他果子，他是我们校长面前的红人，不仅学习级部第一，而且各项全能，不过他以前不这样，他以前学习顶多是十几名，后来出了车祸就……"他的话还没说完，就传来了一个熟悉的声音，"这么晚了还不回家，在这聚堆干什么？还不快回家去！快走！"门卫大叔一声怒喝，几个男生逃命般地跑了。

杨果当然听到了他们的谈论，但他早就不在乎了。因为当年那场车祸，他差点成了植物人，醒来后一个人独自坐在病床上，望着门外的小草时，心里居然感觉到它们在说话，而且还可以与它们说说话。因为他这自言自语的毛病，他爸爸、妈妈还特意给他请来了一个所谓的"心理医生"——一个聪明到"绝顶"的胖子。这个胖子对他实施了各种各样的"虐待"，也没有的出什么结论，最后只好不了了之。其实杨果一直想要告诉爸爸妈妈，自己真得没有病，可是没有人愿意相信这个从鬼门关转了一圈又回来的十三岁的孩子，没有人相信他是健康的……每每回忆想这些，杨果的心情总是比较烦。虽然每次他和花草树木聊天，都会有人嘲笑他疯疯癫癫，但果子觉得他的能力还是能发挥大用处的！

"救命啊！救命啊！！"杨果感应到不远处的树林里有树木在呼救。他快步向树林深处跑去。明晃晃的电锯眼看就要落下去，"住手！"杨果边喊边飞起一块泥巴，正中拿锯那人的嘴巴。

"不许砍树！你是什么人？谁允许你在这儿砍树的?！"

"哪、哪里来的小、小毛孩子！老、老子想、想砍就砍！谁、谁敢拦、拦我，我削——削他！"

"你这是犯罪！这些都是受国家保护的珍希树木！你没经允许就砍，你这分明是盗伐珍贵林木，违反了《森林法》！你就等着被抓吧！！"

"你！你这熊、熊孩子!！看、看我不打——打死你！"那人怒极，磕磕巴巴地骂着，本就黑的脸上更是显得发红，脸上的肉一抖一抖的，顺手抄起一节木棍朝着杨果打过来，说时迟那时快！杨果人小胆大，一个闪身躲过那人的木棍，转到男人身后抄起那把电锯就往一块大石头上狠狠摔去，电锯被摔得七零八落，发出刺耳的声音。男人还想要再冲上来打杨果一顿，可杨果哪里容他近身，边躲边大声叫喊，很快闻声而来的村民便将那个盗伐林木的人抓起来，扭送到了公安局。

然而事情并没有完结。

半月后的一天深夜，这一片的树林烧起了大火，熊熊火光照亮了漆黑的夜空，火蛇吐着血红的信子正在游弋。杨果从梦中惊醒，感觉到一场灾难正在发生，杨果冲到树林时，林木大多已经被火围住了，杨果的心都要碎了，他抹一把眼泪，迅速冲到救火的队伍中……

"救救我啊！救救我啊！""救命啊！我要死了!！""救命！救命!"撕心裂肺的求救声，从四面八方涌进杨果的心里，杨果不由得怒从心起，"到底是谁干的！告诉我，是谁!！"杨果一边用湿衣服扑打火苗，一边在心里怒吼，"是那个拿电锯的！那个要砍了我们的人!！"千万个声音汇成一个声音，涌进杨果的心里。"果然又是他！"杨果眼睛都气红了。此时消防队员已经及时赶到并控制住了火势，果子忍着身上的灼痛向调查起火原因的公安人员提供了线索。当真是天网恢恢，疏而不漏！这个坏人居然还敢躲在人群里看热闹，杨果一眼就看到了那颗长着一脸横肉的脑袋，那人一见杨果指向自己，拔腿就想逃，但是他反应再快又怎么逃得的过象征法制的手铐！

几天后，下了一场畅快淋漓的大雨，正值春天，许多在大火中被炙烤得奄奄一息的小树重又抽出了枝芽，整个林子都焕发了生机。

林中深处，枯焦的树旁，一个倔强的身影，默默栽下一棵棵幼嫩的树苗。

情与法

曲惠瑜

　　他回乡那天，阳光很好。刚走到村头，便听见礼炮轰鸣，鞭炮声四起，乡亲们热情地出来欢迎他，"恭喜啊，小四儿，我们村百年才出了你这么个大官啊"，"就是就是，以后可不能疏远了我们啊……"乡亲们七嘴八舌地说。"好了。乡亲们，我在院里摆了酒，咱先去喝酒吧！"顺着声音，他看到了站在村头大石头上正笑得合不拢嘴的老爹。他走了过去，大队伍也浩浩荡荡地朝他家走去。

　　"四儿，乡亲们说话直实，但也确实是那么个理，你上大学的费用都是我一家一家凑出来的，如今你当了市长，发达了，可不能忘恩负义啊。"老爹拍拍他的肩说。他点了点头，抬头想看看这曾经差点困住他的小片天，此刻都是放礼炮残存下的烟云，好像就象征他的平步青云，他越看越高兴，只是看得久了，云后的阳光直勾勾地刺过来，刺得他眼疼，这才收回思绪，快步跟上了老爹。

　　回城不久，老爹就打来了电话："四儿啊，还记得咱村和王村交界的那片山林吗？村主任说那是快好地，想承包过来种苹果，带领咱村发家致富，你给办一下吧！"他没说话，觉得有些为难，那承包权一直都是归王村的。"你是不是不想管，你要真这么忘恩负义，让我的脸往哪搁啊？"老爹有些火气了，"我没那么想，爹您别生气，我会办好的。"他无奈地挂掉电话，又打了一个电话。后来，承包权归了他村。

　　此后老爹又隔三差五地打来电话，说的不是这家的孩上学要找好学校，就是那家的娃结婚想买房子。他真的觉得烦了，也就索性不接了。

　　没想到的是老爹亲自来了。看他一脸的惊诧，老爹不好意思地说："知道你工作忙，没空接我电话，我就自己来了。"他无奈地往后一倚，"您说吧，这次又有什么事。""你三哥回来了，四十好几了也还没成家立业，知道你当了市长，想让你给找个活干。"老爹有些期待地看着他。他想起上次见三哥还是去大学的前一天晚上，三哥一脚把他踹倒在地，骂他是败家子，搜刮光了家里所有的钱。看着老爹憔悴的面庞，他不忍了，便答应了。他让三哥来给他开车，觉得在自己眼皮底下或许就不会惹事，关键待遇也高。只是有些事，远不是他能控制得了的。

此后很长一段时间老爹都没再打电话，三哥虽说旧习不改，倒也没捅出什么大篓子。他觉得自己也该干点实事了。

只是他还没来得及大展身手，麻烦就来了，三哥开车撞死人了。他永远也不会忘记老爹带着浑身发抖的三哥来找他的样子。他只觉得脑袋嗡的一声，便什么也听不见了，看着老爹和三哥的嘴一张一合，想的却是：三哥完了，他也完了。三哥撞人的车是他的公车啊！三哥跪下拽着他的裤腿，他才回过神来，赶忙拿起电话，只是还未来得及拨号，警察就来了。

"赵市长，您的哥哥涉及一起肇事逃逸案，我们要带走他调查；另外，肇事车辆是您的公车，所以您也许需要跟我们走一趟协助调查。"两个警察说。老爹竭力阻止不让他们带走三哥，他拉住老爹："算了，爹您回去吧。"说完他跟着那两个警察走了。临走之前回看了一眼，看了看他那还没坐热的座椅，他知道自己再也没机会坐了。

再回乡时，已经没有轰鸣的礼炮声了，没有热情的乡亲们了，只剩老爹一个人坐在村头的大石头上发呆。他苦笑，抬头望这片终究困住了他的天，没有烟云了，也没有青云了，只剩那片阳光依旧耀眼。

跟着老爹走在回家的小路上，老爹突然停下说："四儿，是不是爹害了你？"他没说话，想着第一次回乡时看到的那些烟云，可不就是那些困住他的人情，法的光芒穿透烟雾刺疼他的眼，他却没有及时醒悟。

兄　弟

牟晓迪

　　他站在墓碑前，墓碑上照片里的人有和他几乎一样的容颜。墓碑下面，是他的弟弟，双胞胎弟弟，一个因故意杀人罪被枪决的二十七岁的年轻人。

　　他单膝跪下，用手抚着照片，耳边似乎又响起了弟弟的声音："哥哥，陪我玩游戏吧。"

　　他的眼泪流下来，他后悔当初没有陪弟弟玩，让弟弟遇见了那群无恶不作的坏孩子，一步步走出了法律的黄线。

　　突然，他的手机响了，他接起来，"队长，城东超市有人持刀劫持人质！"

　　他站起来，"我马上来！"

滴血的赔偿金

徐景欣

2015年3月24日11点33分，龙城市110指挥中心接到报案：大河镇寨子村前，有人开车压死了人。110指挥中心接到报案后，立刻通知当地派出所前去处理此事。

肇事司机叫杨文明，在城里做服装批发生意。据说发了大财，光楼房就有好几套。车也由帕萨特换成了宝马。新车刚提来两天，一时新鲜手痒，就想过过车瘾，顺便回老家探望父母。一路上，他开着新车，想到自己事业有成，成了众人仰慕的偶像，心里好不惬意。乡亲们看到自己这派头，一定羡慕得目瞪口呆、啧啧称赞。四十里路半个小时就到了村口，他洋洋得意地正走着。这时，冷不防有一个男孩子从胡同口蹿出来，扑到杨文明的车头上。只听"咣——"的一声，孩子被撞倒。他来不及刹车，就从孩子的身上压了过去。他紧急刹住车，下来查看，顿时吓得六神无主。只见孩子脑浆迸裂，身子抽搐了几下就不动了。慌忙之余，别无它法，他只好拿出手机拨打110报警，投案自首。

被压死的孩子叫刘海，今年八岁，是本村刘刚的儿子，正上小学二年级。和刘海一起玩耍的小朋友见他出了车祸，马上跑去报告了他的父母。正在灶下烧火做饭的孩子的母亲周颖，听到这个消息，顾不得灶下着火的柴草，站起来就疯了一般往外跑。她一看到倒在血泊中的孩子，还没到跟前就昏了过去。

孩子的父亲刚从外面干活回来，老婆还没有做好饭，就躺在炕上歇口气。突然听到孩子出事的消息，那心怦怦地跳到了嗓子眼，脑子一片空白，滑下炕，赤着脚，往外奔。刘刚顾不得昏迷过去的老婆，正直扑向孩子血肉模糊的尸体，抱起来放声大哭。

作为同村邻居，两家世代交往甚好。现在出了这种事，杨文明也非常难过。等刘刚两口子稍微平静了些，他走近前来说："大哥大嫂，孩子已经没了，都是我不好……"话还没说完，清醒过来的周颖站起身来一把抓住杨文明的衣服，声嘶力竭地说："你还我孩子，还我孩子……"

杨文明流着泪说："嫂子，对不起。要打要罚随你……"

刘刚拉住妻子的手说："事情的对错，自有人处理。看看海子还躺在这里，还是先照顾照顾他吧。"他脱下上衣，包在孩子身上，然后坐在地上，将孩子抱在怀里。一边流泪，一边用手擦拭儿子脸上的血迹……

一会儿，大河镇派出所民警接到110指挥中心指令，赶了过来。他们查看了事故现场，询问了事故发生的经过，确认了事故的责任。当着民警的面，杨文明表示虽然责任不能完全怪他，但考虑到刘刚两口子的丧子之痛，是自己造成的。如果能免于处罚，他愿意拿出三十万来赔偿苦主的损失。

面对杨文明提出的赔偿条件，刘刚两口子想：孩子已经没有了，即使追究杨文明的法律责任，儿子也活不过来了。再说，也不能全怪开车的杨文明，是孩子扑到人家车上的。三十万巨款，对于一个农村家庭来说，不是个小数目。大女儿眼看就要高中毕业上大学，也要花一笔不小的费用。权衡利弊，他们决定接受杨文明的赔偿建议。

协议达成了，刘刚处理完孩子后事，双方择日在派出所办理交款事宜。

十天后，刘刚、杨文明两家在大河镇派出所处理这场车祸事故，签合同，缴纳赔偿金。就在他们交款的时候，一个不速之客闯了进来。他说："且慢，这孩子是我的，赔偿金应该有我的一份。"众人定睛一看，是村里的光棍汉乌青。

周颖的脸色立刻由红变白，猛地站起来，走到乌青面前，伸出手照着他的脸狠狠地抽了一耳光，骂道："畜生！你放什么屁！……"然后就哭着跑开了。

乌青的到来，打乱了人们的办案头绪。交款手续暂停。刘刚痛失爱子，还没有从悲痛中回过神来，忽然出来这么一档子事。他一把抓住乌青的衣领说："你说清楚，谁是你的孩子？你在这肮脏谁？想钱想疯了吧？"

乌青不慌不忙地拨开刘强的手说："我有充足的证据，证明这孩子是我的。"

他拿出手机，找出一条短信："乌青，我怀孕了。孩子可能是你的。"再看发信息的电话号码，正是周颖的。在场所有的人都傻了，这是怎么回事？

事情还得追溯到十年前。刘刚看到别人做买卖发了财，心里也痒痒。他也从亲戚朋友那里筹措了一部分资金，到城里租了个摊位，卖起了服装，很少顾及家庭。周颖一个人在家里，带着孩子种地，实在是不容易。这时，寂寞难耐的光棍乌青，就把猎获的目标瞄准了她。他开始有空没空地就到刘刚家责任田里逛一逛。没话找话和周颖闲扯一通，逗着孩子玩耍。起初，周颖并不搭理他，但经不住乌青整天地大献殷勤，终于把周颖的心给捂热了。她不再拒绝乌青的帮忙，家中有什么重活脏活就找他帮忙干。那年秋天的一个下午，乌青帮她将三亩玉米收完拉回家，天就黑了。周颖就说："大叔，今天我多做些饭，你在这里一起吃吧。"

乌青自然求之不得。

她破天荒地在家炒了四个小菜，到村里小卖店买了瓶白酒，两个人就喝起来。乌青一边喝一边挖空心思怎么才能将她顺顺利利地弄到手。他时不时的用色迷迷地眼神看着周颖，说："侄媳妇，从我第一次看到你，就感到你这人心眼好，仗义……你一个人在家拉扯个孩子，坡里家里不容易啊！我不帮你帮谁？"

她说："叔，你是好人。像我家刘刚，整天泡在外面，钱也没挣多少，家也不顾，把我累死了。这些日子全亏你帮忙……"说着，眼圈都红了。

他说："男人嘛，就这样。丈夫、丈夫，一丈之内是丈夫，一丈之外就……不一定了。"

周颖有些醉意了，她说："叔，你说得对。有件事我一直憋在心里。你说，刘刚在外面能老实吗？有一天他回家，我给他洗衬衣，竟然在上面发现了口红印。问他，说是有人跟他开玩笑，试探我对他放心不放心。谁信？"

"屁话……不是有人说了吗，男人靠得住，公猪会爬树。你就别听他的。"

"是啊，傻子才相信他的鬼话……"周颖说着说着，眼泪就流出来了。她哽咽着说："我在家里受罪，他在外面风流快活……"

乌青就伸过手去替她擦眼泪。他说："你放心，从今以后，只要有我在，就不再让你受苦……"见周颖没有什么反应，他胆子就大了起来，干脆将身子靠了过去，抬起胳膊从后面揽起了她的腰。

她略有些醉意，长期以来的压抑，一下子就被他给掀了起来。她是个人，而且是个健全的女人，也渴望男人的呵护。所以这个男人将手臂伸向她时，她不但没有拒绝，反而靠向了他……

从这以后，只要刘刚不回来，他们就顺理成章地泡在一起，整整三年。有一天，周颖发现自己怀孕了，根据日子推算，她断定，这个孩子一定是乌青的。来不及见面，她就将这个消息发给了他。孩子出生了，是个男孩，取名刘海。谁能预料，事过八年，这条信息他依然留着，成为他索要赔偿金的证据。

再说刘刚当初在外做买卖，生意并不如意。老婆生了个男孩子，他自然高兴得不得了。看到儿子那张可爱的小脸蛋，他就再也舍不得离开家了。他干脆处理完存货，打道回府，和老婆孩子一起侍弄那几亩责任田。周颖也因为老公回家了，用不到别人来帮忙，趁机和乌青断了关系。

孩子没了，乌青心里也着实难过了一阵。当他听说了人家要赔偿三十万的事，坏心眼动弹了。孩子是自己的种，死亡赔偿金应该赔给我。为了得到孩子的赔偿金，他昧着良心豁出去了。

刘刚夫妇说什么也不去做亲子鉴定。他们想要是做了亲子鉴定，不就说明自己对孩子有怀疑吗？孩子已经走了，他们不想再让他的灵魂不得安宁。可是，乌青不同意。根据国家法律规定，要是对孩子的血亲不明确，一方要求做亲子鉴定。如果另一方坚持不做，那么，要求做亲子鉴定的一方就赢了，不同意做的就是默认了。刘刚没法，只好同意做亲子鉴定。鉴定的结果出人意料——孩子的生父是乌青。根据国家法律，乌青得到了十万元的死亡赔偿金。

刘刚气愤难当，自己的爱子竟然是老婆出轨的私生子。这让他无论如何也接受不了。他要和老婆离婚。

周颖自知有错在先，痛哭流涕地说："我是对不起你，你打你骂都不为过，只是你看在咱们女儿的份上，千万别离婚。你要是不要我了，我还怎么活在世上？干脆死了算了。"

刘刚看到老婆痛苦绝望的样子，想想将近二十年的夫妻情分，事已至此，自己也有责任。就原谅了她。现在两口子的当务之急，就是一致对外，对付这个半路杀出来的无赖。

刘刚对法院的判决，实在是难以接受。可是，法律是依事实为准绳的，谁也无法抗拒。他咽不下这口气。自己辛辛苦苦养大的孩子，竟然便宜了这个王八蛋。这时，律师给他支了一招。律师说："孩子的死亡赔偿金理应归孩子的生父所得，这是不可改变的。但是，你是在不知真相的情况下，替别人抚养了孩子。你可向法院起诉他，要求他赔偿这些年来抚养孩子的一切费用。"

刘刚根据律师的指点，把乌青告上了法庭。要求乌青赔偿八年来自己在不知情的情况下抚养孩子的一切费用。经过法院的判决处理，乌青赔偿孩子养父刘刚八年来抚养孩子的一切费用十一万元。

乌青偷鸡不成反蚀把米，大家都说，这小子忒不是个东西了。暗地里占了便宜也就罢了，怎么好来这么一手？这种不义之财也好轻易发的？

尚方宝剑

李云杰

老刘这几天很窝火，正琢磨着要揍个人，按说已到知天命之年的他，该告别年轻时的火暴脾气了，但他真的咽不下这口气。

从外貌看，现在的老刘和年轻时差别不大，中等个，黑脸庞，光头，再戴副墨镜，往那里一站，哪怕一句话不说，都能把小孩吓哭；不了解他的大人，十个有九个见了他也会发怵——太像影视剧中的"黑老大"了。在老刘过去五十年的人生经历中，遇到几次不平之事，都是靠老刘"一声吼"解决的。

老刘想揍的这个人，是他本村的，也姓刘，同村同姓的一般都称"本家"，是关系较近的，怎么就成仇人了呢？

这事要从十年前说起：老刘的父亲拥有本村三块土地的使用权，共计两亩六分，以市人民政府 1999 年颁发的《土地承包经营权证》为证。一开始由老刘的姐姐代替老父亲耕种，2003 年春，因姐姐患气管炎、哮喘等疾病，体力不支，老父亲便口头承诺将两亩六分的土地使用权暂时交由本家的近亲——刘能耕种。2006 年之前，三块土地的收入全归了刘能，提留也由刘能自行负担；2006 年免提留之后，三块土地的收入也全归了刘能，直到 2014 年 12 月。十年多的时间里，老父亲的三块土地一直由刘能白种，老刘家不曾向刘能要一分钱一粒米。2014 年 12 月 13 日，老父亲想收回属于自己的土地使用权，交给即将退休的儿子种，刘能竟然拒绝归还……

老刘家看在"本家"的份上，将属于自己的土地使用权交由刘能白白使用了十多年，对刘能已是情深义重；当老刘家想收回时，这个刘能却百般诬赖，霸占着不想还了。这不是骑在老刘家头上拉屎吗？是可忍孰不可忍？难怪老刘恨得牙疼。

家庭会上，老刘正读大学的女儿了解到此事的来龙去脉，对老刘说：爸，这事交给我来办吧，你揍他要揍出好歹来，咱还要负担人家医药费……

老刘以为女儿也就是在一边旁听一下，没想到竟成了主事的，"你个女孩子家，能有什么法子？"

女儿抿嘴一笑："爸，其实我们可以用一把尚方宝剑啊。"

见老刘有些丈二和尚摸不着头脑，女儿立即在电脑上搜出一段文字给他看：国家保护集体土地所有者的合法权益，保护承包方的土地承包经营权，任何组织和个人不得侵犯……

第二天，刘能听村里人说老刘准备向法院提交民事起诉书，要求他归还土地承包经营权。他担心得彻夜未眠。

第三天，老刘给女儿打电话说："你说的尚方宝剑，还真管用……"

如意算盘

黄淑萍

　　赵静与好朋友贾伟正在逛超市，忽然一个熟悉的身影闪过，赵静赶紧追过去，那人已拐过墙角，没了踪影。

　　贾伟也追了过来，问："看什么呢？"

　　赵静说："那人好像是我的房东。"

　　贾伟说："房东有什么好看的？快走，看衣服去。"

　　赵静说："不对呀！我该交房租费了，前两天联系他，他说在外地呢，他不会躲我吧？"

　　贾伟说："你找他交钱，他为什么还躲你啊？你看错了吧？"

　　是啊，我给他送钱，他没理由躲我，可能看错了。赵静没再多想，与贾伟看衣服去了。

　　逛了一天，回到租房的小区，上楼时碰到邻居张阿姨，张阿姨热情地跟赵静打招呼："小赵回来了？哎，这房子不是租给别人了吗？"

　　"怎么可能，我合同没到期呢！"

　　"噢，我也是听别人说的。"

　　赵静回到房间，越想越不放心，逛街看到房东躲着自己，又听邻居说房子租给别人了，会不会真是房东想毁约？她赶紧拿起手机给房东打电话，没人接，再打，关机。

　　原来，赵静考上公务员后，在附近租了一套一居室的住房，房屋质量挺好，并且装修精良，离单位也近，上班方便。房东高伟利对赵静出的房租费也满意，双方签订了一份《租房合同》，并且约定租期为两年，承租方每一季度交一次租金，如果逾期不交租金，出租方有权解除该合同。

　　然而，不久，一位附近公司的高管也想承租该房，并且承诺租金比赵静高一倍。高伟利动心了，十分后悔把自己这么抢手的房屋过早地租了出去，于是千方百计地想解除与赵静的《租房合同》。他不知受哪位高人指点，拖着不收租金，想等拖过了交费期限，造成"逾期不交租金"的违约事实，按合同约定"出租方有权解除该合同"，来达到自己的目的。

眼看就要过交费期限了，房东联系不上，怎么办呢？赵静在房间里走来走去，她对自己租的这个房子很满意，离单位近，很方便，如果房东毁约，她一时也找不到合适的房子，马上就没地方住，让她一个女孩子怎么办？急死人了！

她打电话给贾伟，贾伟说："你找刘强啊！他不是在公证处吗？让他想想办法。""我急糊涂了，把他给忘了。"赵静马上给刘强打电话，刘强说："这事你算找对人了，把房租费提存到公证处，就搞定了。"

时间一天天过去了，很快就过了交费期限。这时，房东高伟利出现了，果然提出了要求解除合同的要求，理由是赵静没有按时交租金，并且语气强硬地说如果她不答应，可以去法院解决。

"好啊！咱法院见。"早有准备的赵静拿出了提存公证书。

房东高伟利看到提存公证书，瞠目结舌，他的如意算盘落空了。

爸爸，我爱你

高培丽

"于铮，你起来说说这道题的第二种解法。"这节课，老师已经是第三次叫他了。

于铮站起来，茫然地望着黑板，三年前那个厚厚的信封，像电视里的高墙铁门遮住了他的视线。

那时候，爸爸刚当上市长不久，家里来的客人很多。于铮正备战中考，所以并不介意。有一天，家里又来了客人。当时于铮碰到一道难题，抓耳挠腮地想不出来。于铮就想吃个苹果，缓一下情绪再说。

于铮走进客厅时，爸爸跟客人谈兴正酣。看见他进来，忽然慌乱地把茶几上一个信封推到地上，而后用脚踢到茶几底下。

于铮看见客人始终微笑着看着爸爸。

回到自己屋里后，于铮的心一直"咚咚"跳着。他知道那一定是钱。那么厚一摞，买个笔记本电脑应该没问题。

果然，他再一次向妈妈提出买笔记本时，妈妈没拒绝。捧着高级笔记本，于铮第一次感觉到，有个当官的爸爸真好！

可自从副市长郑伯伯被双规后，于铮几乎天天晚上做那个恐怖的梦：两个看不清面孔的判官，手里掂着黑重的手铐脚镣，一步步向爸爸逼过来。他眼看着判官用铁链子把爸爸绑了，拖向十八层地狱……他害怕极了，呼喊着："爸爸，爸爸……"

在呼喊着爸爸醒来的清晨，于铮总是呆呆地望着天花板。泪水无声地溢出双眶，划过耳际，落到枕头上……

这样的时刻，他想见到爸爸，可又怕见到爸爸。于是，他尽量避免与爸爸碰面。这对他来说很容易做到。因为怎么说爸爸都是个敬业的人。每天早晨，他只要在自己房间里磨蹭一会儿，爸爸就会提前上班去；而晚上在爸爸回来之前，于铮便早早息了灯，在黑暗里听爸爸的脚步从客厅到卫生间再到卧室。

有时候，爸爸会在他卧室门前停一下。这时候，他便竭力调匀气息，可灼热的泪水却如泉涌，怎么也挡不住。

昨天是于铮十八岁生日。妈妈在饭店里订了宴席。那些常常在当地新闻节目里看到的面孔，纷纷来参加他的生日宴会。六张大桌儿还不够，好在秘书眼疾手快，马上加了两桌，才勉强把来人安排妥当。

酒桌上，妈妈一直情绪高涨地招呼着，而客人们的祝福更是热情洋溢，声色饱满，让人听了润心润肺，很是舒坦。

饭后，爸爸难得地跟于铮和妈妈一起回家。

一进家门，妈妈就催于铮去睡觉。而后抱怨道："真是脑子进水了，拎着海参上饭店，我自己不会买呀……"一边嘟囔着，拿起她那个整天不离手的提包，拉着爸爸进了卧室。

晚上，于铮又做了那个可怕的梦。在梦里，爸爸戴着手铐脚镣，一步一回头……于铮甚至还听到了枪声，隐隐约约的，有些模糊，但于铮明白，那就是枪声！全世界的人都听到了那枪声，可他们都在笑，只有于铮哭了……

早晨起来时，于铮的枕头湿了一大片。

他跟往常一样在屋里磨蹭着，耳朵却不由自主地倾听外面的动静。他听见爸爸起来了，他听见爸爸去了卫生间。他终于忍不住把门开了一条细缝。爸爸从卫生间出来了，爸爸在餐桌前坐下，喝了一口白开水。爸爸只喜欢喝白开水，他不喜欢喝那些花里胡哨的洋玩艺儿。

"往后爹娘、孩子生日的，别吆喝得全世界都知道，影响不好。"爸爸说。

"知道了。"妈妈笑着，"还不是为了咱儿子嘛，一辈子不就一个十八岁。"

于铮感觉双眼灼热，泪如泉涌，喷薄而出。

"我不要这样的生日，我只要……"他真想出去跟爸爸妈妈说点什么，可说了又能怎么样呢？爸爸妈妈那么骄傲，他们能放弃眼前的一切吗？

高墙，铁门，手铐，枪声……几个月了，于铮终于下定决心。一放学，他径直进了检察院的大门。从检察院出来，他去了爸爸办公室。爸爸正跟秘书交代工作。他走过去，紧紧抱住爸爸，哭着说："爸爸，我爱你！我只想让你活着……"

鱼 竿

杨仕臣

"嘿，上来吧，呵呵……"

"一条大鲫鱼。"

"得半斤多!"

"你看，还是我这鱼竿好用吧!"老李自夸道。

老李酷爱钓鱼。

老李钓鱼很讲究，用的鱼竿也讲究，而且有个偏好，就是挚爱"光威"牌，用老李的话说："这叫支持国货。"

钓友都知道这个鱼竿的故事。那是他年轻时用戒了一年的烟钱买的。为买鱼竿戒了烟，用他自己的话说"中毒"了。这一用就是十五六年，当然用得十分仔细，每次钓鱼鱼竿，俨然崭新的。

这是一条"福竿"，从那时起，老李一路直上，由科员升至单位副职，到现在的正职，还有一年就光荣"着陆"了。

但后来，这也是一条"祸竿"，不过是因为一本日记，一本写"鱼竿"的日记。

后来听说老李在监狱里写了一本自传——《鱼竿》。

……

乡 情

韩 翰

　　"月是故乡明，亲是家乡人。家乡的事情我一定帮忙办好，明天的安全评估我会尽全力的。"初春的晚上，暖意融融，李安生和同事们应付完"觥筹交错"的饭局后，便被送到县城那自诩"三星级"宾馆的房间里。他对陪同的老乡不止一次地说着，他这次回家，是母亲去世后第一次回老家，屈指算来已整八年。

　　故乡发展的步履一直慢慢腾腾，很少听到让人兴奋的消息。他老家的村子叫李家洼，离镇驻地四十多里，镇距县城一百多里。村子没有工业项目，乡亲们年轻的外出打工，上了年纪的在家"日出而作，日落而息"。

　　一个月前，论辈分该称大叔的汪波打电话给李安生，他在外闯荡了十几年，与朋友回村合伙建起小型注塑厂，为江南一带的小家电企业配套生产塑料外壳，项目过了春节后进行开车生产前的安全评估，到时请李安生帮忙。家乡终于有工厂了，李安生打心底里高兴。

　　李安生所在的安全生产评估中心在全省数得上规模大、服务优、管理严了。评估的结果客观公正，既能"看病"，又能"治病"，让人心服口服。有关部门也愿意推荐该中心为企业进行安全评估。或许是巧合，汪大叔注塑厂的安全评估也由这家安评中心负责。李安生还被委任为验收专家组组长。

　　"我一定要帮汪叔认真诊断，把企业存在的隐患彻底查清，确保安全。"李安生接受这项工作很痛快。这不，明天就要到现场进行验收评估。

　　人到中年，乡情益浓。李安生浮想联翩。小时候，家里穷，父亲去世早，学费是母亲向乡亲们借的。考上大学那年，一家人望着录取通知书，为学费犯愁流泪。多亏汪叔发动邻里乡亲帮忙，李安生才如愿以偿，走进大学校园。

　　大学期间，李安生发奋好学，成绩优秀。毕业被分配到省城一家化工企业，从事安技管理工作。谁知十几年后，企业破产，员工失业。李安生没有抱怨，考取了注册安全工程师资格，与别人组建起安全生产评估检测中心。

几年下来，李安生所在的评价中心按照标准，严格把关，顶住了说情风。对达不到安全标准的项目坚决否定。靠对事业负责，对企业负责，对政府负责，对生命负责，打出了名堂。李安生也被称为"黑脸专家"。

夜深了，李安生还是没有睡意。他打开电视，想看球赛。此时，房间的门被敲响了。"安生，老同学来了！开门。""安涛，是你呀，快进来！"李安生一开门就认出了儿时伙伴李安涛。他后面紧跟着一个中年人。

"这是跟汪叔合伙开厂的老王。以前在外地搞过化工企业，现在来到咱村了。汪叔安排他向你提前说说项目安全情况。"李安涛拍着安生的肩膀，快言快语，直言不讳。

"老弟，对自己人不说假话。这企业距安全达标还有差距。刚创业不容易，挣了钱一定先添置安全设施。你跟专家们通融一下，给过关呀！工厂急着开工生产，手里一摞产品订单了……"老王满脸堆笑，"这个小意思，给你们准备的……"

"别这样。以前汪大叔帮我很多，滴水之恩，当涌泉相报。我一定帮忙……"李安生最担心出现这种事，以前碰到这类事总是拒绝。

"安生，这点小意思是大叔给的，收下吧！李家洼的老少爷们都等着早日开工，有个活干。知道你明天回老家，都在等你呢！"安涛的话让乡情更浓了。

"我明天去现场看看，一定照顾。这钱，我实在不能收！"推来推去，老王把钱扔到沙发上，就跑了。李安生出门追赶，却没看到老王的踪影，只好把钱放到了包里。

送走他们，李安生心里更是不平静了，多种情感，齐涌心头，他一夜无眠。次日一大早，李安生与专家们吃完早饭，就乘车赶往大叔的企业。工厂门口，老少爷们早在等候了。

"安生，回来了？为家乡帮忙，辛苦了！""项目筹建好长时间了，李家洼的乡亲们等着开工呢！"听着乡亲们的心声，看着大家的眼神，李安生暖暖的，微笑着，不住地点着头。

经过现场审核，专家们发现了存在的安全缺陷。在论证会上，专家们对安全隐患进行列举，特别指出锅炉超期服役的安全隐患要解决。这锅炉原是一家企业淘汰闲置的，汪叔通过关系低价买来的。经过反复讨论，专家们等着李安生一锤定音。

李安生为难了。要是提出需更新锅炉，就标志着安评没通过，不能开工生产。如果新买锅炉不仅需花很多钱，而且要拖延投产时间，这如何向老少爷们交代？经过再三考虑，李安生最后表态："锅炉可先用着，但要尽快更换。其他小问题，专家现场指导，帮助当场解决。生产试运行期间，一定要注意安全，加强监管。过段时间专家再来督查。"

中午的宴请设在镇上的特色饭店。饭店的老板是李安生的玩友。汪叔特意找来李安生的小学、初中同学陪酒叙旧。酒局气氛热烈，很是尽兴。

下午的安全隐患整改、验收签字等进展顺利。当李安生把名字签在主委的位置上，全场掌声一片，安全评估"通过"。虽酒过三巡，李安生还是一再强调："安全重于泰山。一定要消除事故隐患，做到警钟长鸣。锅炉不能超负荷、超期运行，要抓紧更换。"

很快，工厂运行起来。乡亲们摇身一变成了工人。李安生的本家人被安排到管理岗位，堂哥当了生产安全管理员。企业生产经营有序，很快就赚钱了。

中秋节前，老王又到省城找李安生，商量扩产的事。说是多亏李安生讲情面，工厂才顺利投产，产品很快抢占了市场，销路不断扩大。老王还庆幸地说："嘿嘿，外地那家注塑厂就因安全不达标，没有生产，乖乖地把市场让给了我们。"

中午，老王约来朋友陪酒答谢，满桌子尽是感谢话语。酒局即将结束，老王电话响了："王厂长，不好了！锅炉炸了！""啊！"老王目瞪口呆。在座的都听到了这惊人的消息。

"坏了"李安生下意识地紧张起来。很快，他的电话也响了起来。电话是堂嫂打来的："安生，你哥被炸伤了，汪叔也浑身流血，正送往医院，呜呜……"

酒局瞬间冷了下来。老王叫上司机往回赶去，并撂下一句："真他妈的！当初评估严格些，就不会出事了！唉！"

事故这么大实在是意料之外。李安生就像热锅上的蚂蚁，不知如何是好。"怎么办呢？怎么办呢？"血压急剧升高，他身子晃晃悠悠倒在地上。

经过一周的治疗，李安生才恢复。堂哥做了截肢手术，保全了性命；汪叔断了胳膊，正打着石膏治疗。

"那天，汪叔和堂哥检查安全，刚进锅炉房，没想到……幸亏司炉工从厕所回来还没走近。"妻子陪在李安生床前，断断续续地说着她听来的情况。

李安生满脸是泪，牙咬得咯咯响，半响才说："唉！是我的错，真悔不该呀！我认罚！"

警察当小偷

舒仕明

公共汽车正在行驶。突然，一个中年男子嚷起来："你怎么摸我的钱啊？拿出来！"大家仔细一看，一个年轻人手里拿着个钱包，很尴尬地塞给中年人。"我的钱包不见了！""我的钱呢？""我的钱也被摸了！"……有几个人也跟着嚷起来。"肯定是他将钱摸去了！"大伙纷纷指着年轻人道。

"把钱拿出来！"丢钱的几个人怒视着年轻人道。可年轻人只顾低着头，既不言语，也不还钱。大家一看这样不行，干脆拨打了110，然后扭着年轻人，叫司机将车开往附近的派出所。刚开出没多远，有个络腮胡子的男人说："我有急事，要下车，不能耽误。"大伙纷纷道："不行，等到了派出所再说，现在谁也不能下车。"络腮胡子着急地说："各位兄弟姐妹，就算我求你们了，小偷你们已经抓到，送到派出所就行了，现在我母亲病危，一刻也不能耽误啊！"

就在大家不知如何是好时，一直沉默的年轻人发言了："各位，好汉做事好汉当，这位大哥说他的母亲病危，人命关天，何必还要为难他呢？你们只管把我送去派出所就行了。"大家想想也是，人家小偷都通情达理，不能太不近人情了。络腮胡子刚要下车，有人提醒道："他们是不是一伙的呀？"有好心人道："没事，如果是一伙的，抓住一个，另一个也跑不掉；可万一果真是人家母亲病危，我们还要为难他，那就太过分了，我们宁可信其有，不可信其无啊！"这样说着，一些好心人就让络腮胡子下了车。

刚关上车门，被扭着的年轻人赶忙道："同志们，误会了，我是警察，快松开手，我口袋里有警官证，刚才下车的络腮胡子才是小偷。""怎么可能，明明看见你摸了钱，怎么还说别人是小偷……"车上的人都很愤怒，反而扭得更紧了。年轻人道："我真的是警察，一时也解释不清楚，快松开我一只手来，我拿警官证给你们看，我还得赶紧通知我的战友，别让刚才下车的坏人跑了。""好吧，这么多人，松开他一只手也跑不掉，看他到底要搞什么名堂?"有人道。

刚松开年轻人的一只手，他迅速掏出警官证，并摸出手机拨打起来，嘴里说的都是刚才下车络腮胡子的行踪和体貌特征……车上的人看着那警官证，听着年轻人对着手机说的话，都搞糊涂了。有人怀疑道:"这警官证是不是假的?他是不是故意在那样打电话呀?""不管怎么说，绝不能让他溜掉，等到派出所再说……"大伙纷纷道。

车开到派出所，里面的一位警察迎了出来，握着年轻人的手道:"张警官，辛苦了，你立了大功，刚接到消息，络腮胡子被抓住了!"这下，乘客们都傻了，这个年轻人明明是小偷，怎么会是警察，而且还立了功……年轻人道:"各位乘客，是这样的，我们接到上级通知，有一个持枪的流窜小偷，犯有命案，身上还有炸药，可能流窜至我市……我一上车，就发现络腮胡子与上级发布抓捕的流窜犯很像，他的一只手插在怀里，很显然是握着枪，而另一只手却在扒窃，有些肆无忌惮……如果一旦有乘客发现了，激怒了歹徒，那他的枪和身上的炸药，将导致不堪设想的后果。在这种情况下，必须确保每位乘客的生命安全，转移目标，将危险从大家的身边移走，于是我故意当起了小偷……""啊，原来如此，真是个机智勇敢的好警察，太令人惊心动魄了……"大伙非常惊讶。

不大会儿，警笛声传来。几辆警车驶进派出所，大家看到，从车上押下来的，正是络腮胡子。一个警察走过来对年轻人说:"张警官，幸亏你化险为夷，那歹徒不但随时握着枪，而且身上还绑着两公斤多炸药，很容易造成车毁人亡……"大伙听得嘘声一片。张警官却说:"唉，实在没办法，不得已当了一次小偷，还请大家原谅。"

病

闫建军

又下雨了，这几天就是阴雨连绵。

王茂老汉顾不得这些了，他急匆匆奔出了村子，沿着曲曲弯弯的山路，顶着小雨，走了一个时辰，便站在了新修的柏油路上。一会儿，一辆中巴客车就停在了眼前。他上了车，买了去县城的车票。

中午的时候，他湿漉漉地爬上了高高的九楼，敲响了儿子的家门。儿子开了门："爹，您咋来了？咋没乘电梯？"他喘着粗气："那玩意我就是不会使。"儿子把他让进了屋。倒水，拿水果，张罗做饭。老汉急切地问："你没病吧？"儿子愣了一下，反问道："什么病啊？"他又重复一遍："家里没啥事吧？"儿子瞪大了眼睛："没事啊！咋了？""你们没病就好，没病就好。"他自言自语着。

"爹，您这是咋了？您是不是病了？家里出什么事了吗？"儿子显得莫名其妙。

"我有什么病！家里也没事！我是我担心你！"他说。

"我咋了？"儿子笑道，"我没病，好好的啊！"

"现在可抓得紧啊！"他说。

"什么抓得紧啊？"儿子愣愣地瞅着父亲。

"整治腐败和违法违规啊！"他压着嗓子冲着儿子说，"这回可动真格的了！"

"那和我有什么关系？"儿子道。

"有没有关系咱心里明白，可不能硬撑着，你干那么大买卖，那税……"

"爹，行了，您老提这些，我不是也交了吗！"儿子显然不高兴了。

"你才交多少钱啊？够吗？儿子，咱心里知道，交那点钱是给人看的，记住，咱不能干违法的事啊！偷着藏着和瞒着，这些都是病啊！"他语重心长地说，"爹就你这一个独苗啊，现在又置了那么大的家业，买卖做大了，可国家的税金咱也得交啊！这几天爹就老犯心病，总是慌，坐不住啊！爹是农民，不懂官场和市场的事，爹就知道，不按规矩办事早晚要出事，偷税漏税那可是大病啊！到那时咱后悔都来不及了！"

"爹，你这说的是啥啊，我有什么后悔的，你这不是咒我吗？"

"我是你亲爹，血脉相连啊，还能咒你啊？你不想想你爹，你总该为你儿子着想吧？你要出了事，进去了，媳妇和孩子咋办？啊？要不把欠国家的税金都补上吧？"

儿子气得够呛，不再吱声了。

"你呀，真的病大发了！不可救药了！记住，纸包不住火啊！等到时人家给你治病救人就晚了！哎呀，这可咋办啊！"他几乎带着哭腔道，"那是要蹲笆篱子的呀！"

"爹——你能不能不提这些啊？"

"再不提就来不及了！这都啥形势啊，上边抓得多紧啊！"说着，他"呜呜"哭了起来，"儿啊，爹求求你了，去把税金全补上吧？让爹去掉这块心病吧！"

儿子气急败坏地"啪"的一声，关上门走了……

四年后，深夜。

他风尘仆仆赶到父亲面前，"扑通"一声给老父亲跪下了，"啪啪"地不停地扇着自己的嘴巴子，哭诉道："爹，儿真的知道自己犯了大病了，当初真要听您的劝，也许……

父亲默默地看着他，苦涩的脸上，隐露着一丝丝的无奈。

他望着父亲，再次叩头，又哭诉道："爹，儿大学毕业后，没有考上公务员，儿就做了买卖，一点一点买卖做大了……爹啊，您就经常告诫儿要依法做事，按规矩做买卖，真真实实办事，可儿没有把您的话当作事，特别是儿为了扩大生产，昏了头，为了钱，竟不择手段，偷税漏税，您发现后，多次劝儿改邪归正，及时把税金补上，可儿又把您的教诲当成了耳旁风……爹啊，一想到这些，儿真的愧疚和自恨哪！儿咋不早醒悟过来啊……爹啊，儿刚刚从监狱出来，几年的改造，儿改邪归正了，重走人生路，在哪里跌倒的就在哪里站起来！儿，今后保证再也不会得病了！"

他跪在父亲的身边，痛哭流涕。

父亲没有怪他，仍然看着他，脸上仍隐露着一丝丝的无奈。

"爹——"他站起来，再次"扑通"一声给爹跪下，声嘶力竭，突然将父亲的遗像紧紧地搂在怀里，趴在爹的坟茔上，号啕大哭，深深叩头不起……

山坞里的二愣

黄良进

山坞里的月光朦朦胧胧。二愣在山坞里走着，总觉得朦胧的月光里藏匿着一双贼亮的眼睛。虽说现在并不是很晚，阴冷的山野荒凉沉寂，偶尔有几声凄厉的尖叫在空濛的山沟里回荡。

这些，二愣并不害怕。就像所有走惯了夜路的山里汉子，一个人在再密的林子再深的山野里走都不在乎，什么狼呀野鬼，二愣没遇见过，也从没害怕过。

但今夜，二愣有些心虚。那个缝在裤衩里的小兜，让他惊一回，喜一回。虽说时时都感到它存在着，可总是忍不住要隔会儿伸手去摸摸，生怕它会突然从裤腿里溜走似的。

再拐两个山嘴就到家啦，二愣惊惧的心瓷实了很多。忽然间，他感到走了几天的大腿僵硬得快挪不动了，肚子更是叽里咕噜直叫唤。二愣吐着粗气，在空濛的月光里，他一屁股坐在路旁的石头上。

二愣下意识摸摸缝在裤衩里的小兜兜，完全放心后，才掏出香烟，悠悠地点燃，慢慢地吸着。啧，一万元哪！女人见了，准高兴个死。

要说这事，还真多亏了后屋四婶。烟雾缭绕中，二愣有滋有味地回想起半月来的冒险经历。要不是四婶那天说起她有位隔房亲戚做这事几年间就发了大财，这兜里哪会有这一大沓票子？

眼下，山里好多人都在发疯般找钱路子，二愣念过初中，心里机灵，四婶一点拨，他就将目标瞄准了下河湾那位丫头春桂。有几个山里女子不想到大平原过那种舒心的日子呢？

朦胧的月光笼罩着周围的山野，显出几分少有的诱人的神秘，二愣又接上一支。春桂也真有趣，几句连哄带骗的话儿，她竟真格要去山外大平原过富人家的日子。夜里走，晚里归，神不知鬼不觉。河南那位死老头子还真够大方，眼皮没抬，就甩给一万元，还补上来回的盘缠。票子是硬道理，管它黄花闺女嫁个死老头子呢。

二愣站起来，拍打拍打黏在屁股上的泥土，早点回家，让女人喜欢个死呢。二愣好兴奋，脚底顿生两股春风，眨眼功夫，就回到了家门口。

不对呀，恁早就睡死啦。二愣瞧见屋子黑灯瞎火，心里气不打一处来，突然，黑暗处蹿出一条大黑狗朝他嗷嗷狂叫，二愣喝骂道："狗杂种，瞎眼啦！"

黑狗听出了主人的声音，立刻围着二愣的脚跟，哼哼地摇乞摆尾，二愣心里发毛，怎的，困死啦，狗叫也没听见？他伸手推门，急切地喊道："开门，快开门。"

屋里仍死一样寂静。二愣急了，就使劲推门，只听咣当一声响，他急忙伸手一摸，锁啦。

这时，二愣害怕了。他急忙溜到后屋四婶家，问有没有看到自己的女人到哪去了？

四婶茫然地说道："门都锁了好几天了。"这下，二愣开始冒虚汗了。连日来的惊惧、疲劳顿时涌上来，整个人就像放气的车胎塌了下去。

第二天一早，有人说前天夜里像是二愣的女人跟外地一个男人跑了。二愣听后，一下子瘫软在地上。

九天后，乡上"打拐办"来人说，二愣女人被外乡一个男人拐骗到山东。那个男人得了五千元。不过，回来时露了马脚，人已被乡上打拐办给扣住了。

顿时，二愣脸煞白，口里吐着白沫。当晚，四婶看到二愣一会儿哭一会儿笑。没多久，听人说，二愣疯了。

大　师

孙贵颂

人一老，慢慢养成了早起的习惯。

这天是老人节，天还蒙蒙亮，我就睡不着了。老婆说："睡不着就不要在床上磨蹭了，出去溜溜弯，再顺便到早市上去带点菜回来吧。"我赶紧起床，脸也没洗，牙也没刷，就下楼出了小区。

菜市场离家两里地，一会儿工夫就到了。买好菜，我不紧不慢地往回走。这时从后面赶上来三四个妇女，有的扶着我胳膊，有的替我拿着菜，对我嘘寒问暖，极亲热。我心想，到底是老人节，与平时不一样。她们问我家有几口人？父母还健在吗？有几个孩子？是男孩还是女孩？我想这不是国家机密，咱就掏实话呗。聊着聊着，其中一个妇女从坤包里掏出手机，打了一个电话。这位妇女很懂礼貌，打电话时自动就落到了后面，声音又小又温柔。

有一个妇女说："大叔身体很好啊！"我说挺好的，吃嘛嘛香，睡觉打呼噜。

那个妇女又问："最近家里发生过什么大事没有？"我说："一个草民百姓，居家过日子，吃喝拉撒睡，有什么大事？"妇女说："居家过日子，怎么会没有什么事呢？"我说："没事就是没事，难道没事还得找事吗？"妇女赶紧说："我不是那个意思，我认识一个会相面的大师，看得可准了，他会算财运，测吉凶，就在这附近住，我们带您老人家去看看？"我心想，附近有这么一个高人我怎么不知道啊。便一口回绝："不去！"那个搀扶我的妇女摇着我的胳膊说："大叔，去看看嘛，有什么要紧的？"我生性耳朵根子软，经不住她们劝说，心想，反正闲着也是闲着，又不是上刀山下火海，就去走一遭又怎样？于是就跟着她们去了。

这个小区离家确实不远，但要拐好几个弯。这位相面的高人又住在小区的最高层，把我累得气喘吁吁。

　　屋内香烟缭绕，设有神坛。屋里就一个男子，肯定是大师了。坐在蒲团之上，周围以莲花彩布镶边。秃头，长髯，有仙风道骨的样子。我还未站定，男子便道："老人家免开尊口，在下便知你的底细。看你的相貌，天庭饱满，地阁方圆，是富贵之人。高堂健在，儿女双全，夫妻恩爱。你的爱好高雅，喜养花，爱读书……"我一听，哎呀，简直是诸葛再世，神机妙算啊！

　　接下来，男子话锋一转："不过，你最近会有一场大灾，还得小心为妙。"我听了，就有些紧张，赶紧问："哪怎么办呢？"男子道："世上事，有阴就有阳，有大就有小，有矛就有盾。所谓兵来将挡，水来土掩。你的灾难既已临头，最好的办法就是化解。如果您老配合，在下愿意帮忙。"我忙问："我该做什么啊？""你只要向玉皇大帝敬献6666元钱，就可以一切平平安安。""哪是回家把钱烧了呢，还是放到河里漂走啊？""不用不用，你把钱拿来交给我，一切由我来代办。"

　　大师看我有些犹豫，又劝道："破财免灾，钱是身外之物，你是愿意招灾惹祸还是疼钱惜财啊？""可是我身上只有66元啊。""哪你赶快回家去拿，千万别耽搁，过了今天午时，我也帮不上你了。"

　　我刚要往外走，有一个妇女的手机忽然响了。她拿起来接电话。我一下子想起了往这儿来的路上发生的一幕。回过头来问："大师，你既然能看出我有几个儿女，哪能不能看出我的儿女有几个儿女啊？"大师愣了一愣，道："这有何难，我当然知道……你的儿子么，有一个儿子；你的闺女么，有一个女儿。"我一听，什么都明白了。遂告诉大师："你说错了。我的儿子是对双胞胎，我的女儿还没有结婚！"

医　闹

陈　轩

我从医学院毕业来这家三甲医院小儿科实习已有大半年了，跟着的是医院最权威的主任医师王主任。

王主任个头挺高，五官端正，也许工作压力太大，50 岁刚到就早早地谢顶了，额头光亮；他平日里不苟言笑，总是眉头紧锁，闲时经常看看窗外，若有所思似的，很让人摸不透。

他越是沉闷，我的实习就越是放不开，甚至问诊前的简单量体温、询问年龄、患病时间等，我都有些手忙脚乱。而那些病了哭闹的孩子们，见了王主任总会慢慢从哭闹中安静下来，这令我佩服不已。

这几个月，我发现王主任比较奇怪，他对一些新闻报道的医患纠纷特别敏感，例如"哪家医院的大夫被打了、被砍了，哪家医院因为病人酒后滋事大夫掉进楼梯摔死了"，他都要拿着报纸反复读，读完再画出来，甚至用剪刀剪下来，贴在本上，边读边咕哝，或者"哎""啊"地叹气，最后总是说："不行不行，医院、医疗都得立法，不立法不行了。"

又是个星期六，我知道是王主任的班。当我上班走进医院门厅时忽然被吓了一跳，昨天那个因为手术未完就去世的病人家属在门厅里搭起了灵堂：摆着花圈，点着纸钱，乌烟瘴气……我的心砰砰直跳，赶快从边上的侧门走进偏楼的儿科走廊。

这边的小患者特别多，早早地就被家长领着在诊室外排起了长队。我拐了个弯才挤进诊室，简单收拾一下昨日桌上那个折角等候复诊的病历，就赶快收拾一下室内的卫生等侯主任上班。

王主任虽然略显苍老，但依旧风度不减，他准时进屋，看那精神状态还不错。他迅速换上白褂，气都没喘就被焦急的家长围住，我想靠前倒杯水，也挤不进去。他忙碌中看见我手里的暖瓶，说了声："不用倒了，喝了水还得上厕所！"

一连看了十几个病号，屋子里总算稍稍平静一些，我才有机会说了第一句话，"主任，看见医院大厅的灵堂了吗？"也许我问得有些突兀，王主任表情忽然僵住了，他几乎是哆嗦着说："还是…还是昨天那个吧？……今天早上新闻报道说有几个大夫找了个癌症患者的遗体造假交通事故，骗保，这世界是咋了？……"王主任的精力明显没有刚才集中了，他喝了今天的第一口水。

就在这时，一声粗野的吼叫彻底压过了门诊室里所有的声音。

我抬头一看，是昨天那个五岁男孩儿的爸爸，他染着黄发、戴着耳环、左臂还纹着花纹。他的儿子可能还烧着呢，软软地伏在他的肩头；身后，跟着患病男孩的妈妈。那"黄发男""嗷嗷"叫着，一步冲到王主任面前，发疯似地敲着桌子吼道："你凭什么让我儿子做常规检查，结果出来根本没什么事！没事你还让我们做，孩子挨了针扎，还害得我们花了100多块钱，你给我们退钱……"

这是我实习以来遇到的最为尴尬的一次，我急忙站起身解释："医院怎么能退钱呢？不检查怎么能知道你儿子有无炎症呢？"那"黄发男"一把把我推到一边。

我看到王主任在桌子上翻找昨天的那份折角的病历。那"黄发男"昨天就讨价还价，逼得王主任几乎是用商量的口气给他儿子检查的，这哪里还是医院啊?!

屋子里顿时鸦雀无声。我看见那"黄发男"右手一直藏在裤兜里，不知准备掏什么出来。我真怕那是匕首，虽是初夏，但这一幕令我背上的汗珠直往下流。

找出昨天的那份折角病历，王主任说："等会吧。"便拿着病历接过"黄发男"手中的化验收据走出诊室。

满屋子的患者都面面相觑，仿佛在说："这医生还能干吗？"大家既着急又无奈地等待着王主任，就在这个当口，那些病中的孩子们忽然哇哇大哭，整个诊室弥漫在闷热和哀愁之中。

王主任回来了，手里拿着退出的钱和发票，头也没抬递给了"黄发男"。"黄发男"抱着恹恹的孩子，后面跟着散发的妻子，在众人鄙夷的眼神中灰溜溜离去。

我长出了一口气。诊室终于又平静下来了。王主任又耐心地给小患者一个个细心地望闻问切。

快下班的时候，我鼓起勇气悄悄问王主任："我们医院还能退钱?"王主任叹口气说："是我自己垫上的……"

作为一个实习生一个未来医院的医生，早上看到的花圈、灵堂和"黄发男"演出的闹剧，令我万分心寒，那一整天我的心里都五味杂陈，我甚至怀疑自己当初为什么要学医……

这天下班，王主任尽管和平时一样很疲惫，但他收拾听诊器、更换衣服的动作麻利又坚定，我本想再问点什么，他已起身跟往常一样说了声"再见"，就走出门去。

第二天是周日，我一上班就听说——王主任辞职了。

万事"和"为先

关　娟

三年前的一个春天，农民老宋在田地里抽水浇灌麦田时，因为机器故障，在维修过程中发现井里有一具尸体，他急忙报警。

警方到达农田，从井里打捞出一女尸，女尸已经开始腐烂，并且身上还用绳子系挂着两块大石头。随后，警方开始对附近村民进行调查，最终确认了死者身份。死者名叫许晴，女，23岁，是附近镇上某村的一名刚参加工作不久的女教师。

于是警察到死者所执教学校了解死者的情况。据办公室老师描述，许晴是外地人，在校为人热情，深受同事和学生的喜爱，她在这儿认识的人不多，并且也没有与人结怨。有位老师反映，最后见到她的那天，她好像刚跟男朋友通完电话，并且很匆忙地跟那位同事打了声招呼，说要赶着去市区。

警方于是将视线转移到死者男朋友小刘身上，据小刘描述，他们两个人是大学同学，恋爱三年了，最近感情出现了问题，小刘想跟她分手，而许晴一直放不下。那次通电话，还是因为分手的问题，许晴就说去市区找他谈谈。然而他在车站等了她许久，也没见她来。

警方查询无果，便想到从网上是否可以找到一些信息。他们看到许晴最近的QQ信息，内容表明她情绪比较消沉低落，其中一条是"从来没有想到毕业后的自己会来这里"，一条是"繁忙的工作，感情的问题，一个人，好累！"

警方想会不会是自杀。在这个时候，一件奇怪的事情进入警方的视线。据学校所在地的村民介绍，村民马彪这两天刚把买了不久的新车卖掉了。这一信息提醒了警方，于是警方开始从受害者如何去市区这一问题着手。

从学校到市区很远，需要坐3路车，并且许晴走的那个点，客车就要准备收车停运了。是不是马彪曾经用车载她去市区，然后在半路将她杀害呢。于是警方开始调查马彪。马彪，男，32 岁，未婚，无正经职业，前段时间，刚跟父亲借钱买的面包车，最近又低价卖掉了。

警方找到了马彪卖掉的车，经调查发现许晴确实坐过她的车。于是警方对马彪进行了控制，最后马彪说出了实情。出事那天，马彪刚跟几个兄弟赌了几把，输了钱，心情不是很好。于是自己喝了点酒，开车去市区姐姐家。在路上正好碰到急匆匆去站牌的许晴，他问她去哪儿，她说去市区，于是他就说他也去市区，顺便捎带着她，一共收她 10 元。许晴犹豫了一下。因为许晴是个谨慎的人，一般不坐私车，但可能是急于见男朋友，还是上了他的车。马彪半路上突然停车，说不想去市区了，就让许晴给钱下车。许晴很生气，不给他钱，还跟他理论，最后两个人破口大骂。马彪按捺不住性子就把她拽下车，拳打脚踢，将她打晕了。为了掩盖自己的过失，他就用绳子系上两块大石绑在许晴身上，把她扔进了井里。

此次命案的导火索是因为双方吵架，俗话说"病从口入，祸从口出"。在许晴激烈的争吵过程中，或许她也没有想到会因此惹来杀身之祸。无论在什么情况下，跟什么人说话，一定要以"和"为重。以免造成不可挽回的悲剧。

捡来的"天祸"

范淑玉

连续多日的暴雨，山洪撒开了欢，几百米宽的河床上飘着杂七杂八的东西。

河里漂浮的东西越来越多，可面对滔滔洪水，谁都不敢下去，毕竟水火无情。

"看，河里有一头黑山羊，头还在水面上呢？"

"要不是羊在门板上早就死了！"

"水中浮财不好发，弄不好把命都丢了。"

……

多年来老百姓形成了一个习惯，那就是洪水中的漂浮物不是偷不是抢，捡了白捡。捡了也无人来找，时间长了大家也都认了这个理，人群中喊声越来越大，大伙唏嘘着，可谁都不敢下去，没有十足的把握，谁都不敢去冒险，无论是河底的石头，还是水中的漂浮物哪个砸在人身上都够受。

羊儿越漂越远，就在这档儿，在一边的张强也看到了，五大三粗的他从小在水边长大，越是没人敢下，越是激起其斗志。他把腰上系好绳子就跳进了水中，在洪水中起起伏伏费了九牛二虎之力，好不容易把这只羊救了。

"这只羊真肥，少说也得一千多元呢！"

"可不，这羊冲走了，也是淹死，这下总算有了活路。"

……

在河边人的惊叹和羡慕中，虽说腿被石头划开了一个大口子，张强也不觉得疼，像个常胜将军一样高高兴兴牵着这只从"天上"掉下来的羊回家了。因为洪水流经几个乡镇几十个村庄，谁都不知道它从哪儿来的。面对天上掉馅饼的好事，张强全家人更是满心欢喜，小心用好饲料喂养着它，日子就这样一天天过去了。哪知道一星期后邻村的马宾来找羊了，说他的羊圈被洪水全冲了，十几只羊一只不剩，他听人说张家捡了一只，就认为那只羊是自家被水冲走的那只，要张强家归还，并搬出《物权法》来说给张强全家人听。马宾说《物权法》一百一四条规定捡的漂流物要依照《物权法》一百零九条规定属拾得遗失物，应当返还权利人。拾得人应当及时通知权利人领取，或者送交公安等有关部门。马宾一番话下来，张强家更是炸了锅。

好不容易冒着生命危险捡来的羊，张强家早就跟其有了感情，这下张强的家人不干了，在当地有水中浮财谁捡了算谁一说，况且人家是冒着生命危险去捡的，要不这羊早就被冲走淹死了，那样的话马宾又该找谁去要？再者说又怎么证明自己家捡的那只就是马家的呢？这边抓着不放，那边非要，双方僵持不下。一日不给羊，对方就天天来闹腾，双方闹得鸡犬不宁，原本清净的日子冷不丁被打破了。这下张强的母亲受不了了，平白无故受了这么大的气，天天闷在心里，她越想越气，这哪是捡了一只羊，分明是捡了一冤家，一时想不开最后竟活活气死了。要羊要出人命来，对方也后怕了，再也不来要羊了。这下张强家自然咽不下这口气，双方更是剑拔弩张。

习俗不等于法律，即便是冒着生命危险捡来的东西，在法律规定上应该归还权利人，马宾虽然主张是自己的东西，可没有明显的标志，再者说他应该坐下来跟人好好谈，双方不应大动干戈。这下好了，羊还没等返还，人已经没了。

羊再贵也贵不过人命，好好的人突然不在了，搁谁都受不了，总不至于让人白死吧。为了替亲人讨回公道，张强家又将马宾告上了法庭，双方开始了对簿公堂的日子。

经过一番车轮战后，官司最终打完了，张强家输了，可赢了官司的马宾家也高兴不起来。

其实事情到了这儿，官司无论谁输谁赢，其实都输了。有道是进一寸上难于上青天，忍一时风平浪静，退一步海阔天空，如果羊会说话，这只命运多舛的羊又该如何选择呢？

张三花的心事

佩剑秀才/刘全德

　　半年多前，张三花从外地来到这个小城，在这之前，他到过许多地方，做过许多工作，但都没有做多久，到底是什么原因谁也不知道。

　　他一直觉着自己怀才不遇，郁郁寡欢是他的常态，他经常标榜自己：二十几岁的年龄，四十几岁的心态。在他的心中，全世界都亏欠他的，全社会做的任何事他都看不惯。

　　这座小城虽不大，但市区内却贯穿着三条河，其中最大的一条是白浪河，近些年来城市改造绿化后被评为国家园林城市，沿河两岸景观设施齐全，人们都喜欢在河边休闲。张三花经常去的那个地段，是用木板在岸边向河面延伸打造了一个平台，平台靠水之处有粗壮的木柱，木柱之间用水管般粗的麻绳链接。此处经常有人在此观水、拍照。

　　张三花每来到此处，不仅未给他带来好心情，反之情绪愈发低沉：河边不远处闪着各色灯光的居民楼里没有他的一扇窗户；聚在一起听业余文艺演唱的老年人群里没有他的父母；一个个如花似玉款款而过的小美人们没有一个是他的恋人，更让人可气的是，有好几位年轻男女偎依在一起靠在木柱上甚至坐在绳索上晃悠，脸上尽显幸福之容……哼哼，白浪河，这些娘们可真够浪的！——如果那绳子断掉该多好！

　　张三花的父母在生了两个女儿之后，顶着超生被罚款的压力，好不容易得了这个儿子，为了好养活，所以给他起了这么个俗气的女孩名字，可想而知，这个宝贝疙瘩被惯得没个样，学业无成，事业更是谈不上，不管儿子在外混得如何，父母总是牵挂着。这不，在前几天，父亲来到这个城市看望他。

　　一天晚饭后，他为了让父亲也感受一下城市休闲的感觉，便带着父亲来到他常来的这个地方。走到木柱前，迎着掠过河面凉爽惬意的微风，看着站在身边的父亲，他一言不发。过了几分钟，他的手机响了，就在他转身走到一边打电话时，突然听到"扑通"一声，周边有人在喊："有人落水了！"他回头一看，父亲不见了！他回过神来，几步蹿过来，在众人的帮助下，他的父亲终于被救了上来，生命虽无大碍，但因为河水较深又不识水性，喝了不少的河水，还是被人送到医院里留待观察。

在病床前，有关领导和管理人员前来探望时，对张三花父子说，是绳索被人割了，只在柱孔隐蔽处有一小股绳连着，这种行为不仅是破坏了公共财产，更是涉嫌触犯"危害公共安全"的法律，我们一定会通过监控，查找肇事者的。

张三花吃了一惊，用慌乱的眼神瞄了一下说这话的人，深深地低下了头。

只有他自己知道，他曾经做过什么。

消失的怨恨

纪丙营

　　这是一个真实的故事，一个让张大爷走出漫漫长夜的故事，也是一个让怨恨消失的故事。

　　这一天，一个再平常不过的早晨，家住在城关街小区的张大爷陪同老伴于大妈到附近菜市场买菜。在回家的路上，于大妈突然感到头晕、眼花，站立不稳，张大爷连忙扶住她坐了下来。老伴头晕稍微减轻后，在张大爷的搀扶下回到家中。此时孩子们没在家，老两口商量了一下，先去附近的医院看看。

　　到了医院后，经专家诊断，确诊为中风初期，建议卧床休息和住院治疗，并一再强调不能剧烈活动和情绪激动。于大妈是爱干净且较为保守的人，静脉输液过程中，坚持让刚刚赶到医院的女儿陪同去洗手间。女儿在陪同于大妈方便时，突然感到扶着的于大妈的手臂一沉，于大妈整个人躺在了地上。女儿吓坏了，惊恐地呼喊着。值班医生和护士听到呼喊后立即到现场，并组织人员进行抢救。

　　抢救室外张大爷因老伴病情的突然变化，惊慌得说不出话来，两眼直直地盯着抢救室的大门，只见医生护士进进出出。不知道过了多长时间，一个医生出来，要见于大妈的家属，一家人一下子围了过去。医生说："病人现在已经没有了自主呼吸，出现脑死亡症状……我们尽力了。"张大爷一下晕了过去，张大爷儿子不相信会出现这样的情况，一下子失去理志，扯起医生问："本来不是还挺好的吗，怎么说不行就不行了，是不是你们没尽力抢救和治疗啊！给我们一个说法，还我妈妈……"争吵声让张大爷醒了过来，悲痛万分，同样不敢相信医生说的，他尽力地制止了儿女们，一把扯住医生："怎么会这样呢?！怎么会这样呢………"

　　那一天，张大爷沉浸在悲痛之中，已经忘记是怎样过来的。张大爷是一个明白事理的人，不想在医院大吵大闹，但老伴突然出现这样的事情，自己也不知道该怎样做了。第二天，在儿女的陪伴下到医院医务科寻找说法。尽管院方将病情详细地进行了说明，张大爷一家还是不能理解，总是解不开是院方责任这个结。院方也给不出一个合乎张大爷一家要求的答案，就这样，张大爷白天就到医院等待院方说法，晚上就沉浸在悲痛和不解中，持续了近一个月。

一天一天过去，面对重症监护室中已经没什么意识的老伴，悲痛中对医院的怨恨越来越强烈，孩子们提出要给医院些压力，强迫院方给出合理的结论。但张大爷毕竟是明白事理的人，制止了孩子的冲动想法。做出了一个理智的决定，走法律途径。儿女们对父亲很了解，父亲是一个理智了一辈子的人，决定支持父亲通过法律来寻求结果。

张大爷向院方提出封存所有与老伴住院有关的病历资料后，来到区卫生局，详细描述了事情的经过。因事情发生的第二天，院方已经向卫生局汇报了大体情况。分管医疗事故的科长综合分析后，向张大爷提出以医学鉴定的方式进行解决，保证公平、公正、及时地帮助张大爷进行维权，并详细交待了需要的材料。张大爷听到区卫生局的解答后，心情得到了一丝安慰，表示不会做出过激的行为，只想通过医学鉴定得到事情的真相。

张大爷在孩子的帮助下，经过几天的材料准备，再次来到区卫生局，提交材料。负责医疗事故处理的科长对每份材料做了细致的审核，并在第二天向市医学会提交相关材料。市医学会负责医学鉴定的负责人对材料进行了再次审核后，立即着手组织专家以最快的时间对事件过程做了调查、分析并做出医学鉴定结论：事件的发生是由于患者病情的特殊性，院方在救治和护理过程未发现过错。张大爷家属在鉴定过程中全程监督，结论符合法律法规、要求。医学会鉴定人员向张大爷家属表示了遗憾和同情。

张大爷在接到医学鉴定结论通知书后，积攒多日的悲痛和怨恨随着泪水一下子涌出来。张大爷对鉴定结论表示认可，并说服孩子们停止对老伴的维持治疗，不对院方提出无理要求。院方安排专人向张大爷表示了同情和安慰。

就这样，一场医疗纠纷，在明白事理的张大爷坚持下，用法律的公平公正给了逝去的人一个交待，给了活着的人一个安慰，也给医院一份清白。

我们应该认识到医学发展的局限性，也应该相信法律的公平和公正性，遵法、学法、用法，是维护我们自身权益的最正确途径。

菩　萨

郭泰然

　　王老太今年八十岁了，一个人住在农村。去年冬天特别冷，儿女都不在身边，她靠着一个电暖风勉强过了年。到了春天，天暖和了，她坐在门前的小马扎上。想起自己年轻的时候，想起已经过世的老伴，脸上泛起微微的笑容，而这笑容又是那么的苦涩，儿女们都不愿意照顾她。

　　有一天，来了一年轻的小姑娘，她给老太太带来了一桶花生油和一箱牛奶。老太太虽然老眼昏花，但还能认出她的孙女，这位姑娘显然不是。惊愕之际，跟在后面的村主任说："这位是法院李警官，她是来帮你的。"老太太叹了一口气，悲苦的面容满是愁绪。"大娘，于主任告诉了我你的情况，我负责做你儿女的工作，让他们履行赡养义务。"老太太苦笑一下，满脸的无奈。

　　日子一天天过去，老太太依旧坐在小马扎上晒太阳，小花猫安静地睡在阳光里。她隐隐约约听到有脚步声，没有在意，但一声声呼唤却打破了她孤寂凄凉的心境。"娘！""娘！""娘！"两个儿子一个女儿一起出现在她的面前。她努力地要站起来，仨孩子却一同跪在她的面前。"娘啊，我们错了，我们不孝啊！""你把我们拉扯大，我们不养你，真是缺德啊！"浑浊的眼泪滴在老人如老树枝般干枯的手上。

　　老太太在第二天被大儿子接走了，住在温暖宽敞的大屋里，每天有可口的饭菜，还有香甜的水果吃。大儿子坐在她的床前，拉着母亲的手说："妈，你放心吧，我们仨都愿意养你。活了半辈子，还不如法院的小姑娘懂道理啊……"

　　还是在那样相似的温暖午后，花猫在旁边睡觉，老太太半眯着眼睛舒心地晒着太阳。阳光里仿佛又看见那位年轻的姑娘，宛如行善的菩萨。

证　据

胡海波

1

晚上9点，表哥来电话说，表叔头部受伤正在医院抢救。我来不及多问，抓了外套，急忙打车前往。

路上行人稀少，大街显得空旷寂静。我失神地望着窗外细密不断的雨雾，内心焦躁不安。司机好像理解我急迫的心情，驾车飞快。我掏出电话，联系了我的专家朋友、神经外科李主任，请他施以援手。

到达后，瘦弱的表婶和魁梧的表哥正焦急万分地等在手术室门外。他们一起向我迎来，眼泪都下来了。我不知如何安慰，直接问："表叔伤得重吗？"

表哥摇了摇头："我们也没见着人，爸爸倒在小区门外马路上，伤在后脑勺，一直昏迷，是过路人报的警。"

我又问："是被车撞的吗？"

表哥答："还不清楚。不过，自己摔倒怎么会磕到后脑勺呢，还有大腿外侧的擦伤，应该是外力所致，被撞的可能性大。"

表叔受伤的部位，引发了我们对他如何受伤的种种猜疑。表哥因脱不开身，就托我查清表叔受伤的经过。

2

我先找到救护车司机了解。他神情严肃地说："到现场时，'110'正在询问报警人，不远处还停放着一部白色的越野车，听说警察基本排除了报警司机的肇事嫌疑，其他的就说不上来了。"

我通过110指挥中心找到了出勤民警，证实了救护车司机的说法。越野车距离伤者较远，车体完整，没有任何撞击点；司机只是出于好心报警，还拨打了 120 急救；为了保险起见，他们现场把人车都拍照留作证据。

我询问如有疑问，是否可以报交警事故，民警表示可以。我拨打了 122 报警，交警同意马上出现场勘查。

我稍微松了一口气，这样一个漆黑的雨夜，我们只求助于交警，希望能查明事情的真相。

表叔虽然七十出头，但身体硬朗，每天傍晚有遛弯的习惯。谁知这么个良好的习惯，却把自己"遛"进了医院，生死未卜。

我正跟表哥通报情况时，李主任来电话，说他做了了解，主治大夫是个老专家，临床经验丰富；但伤者情况不容乐观，脑部受伤严重，只能等拿到手术结果再做打算。我没有将实情告诉表婶和表哥，只是说李主任已打了招呼，一定尽全力抢救，手术时间可能延长一点。

我提醒表哥照顾好表婶，决定到事故现场去实地考察一番，也看一下交警的勘查结果。

3

交警十分尽心，我赶到现场时，他们的警服早已被雨水淋湿，只有反光背心依然醒目。

他们已经在事故点及两头延伸数米的沿途仔细搜索了好几遍。一直忙到凌晨 2 点，搜索人员已经筋疲力尽，仍无头绪。

这个路段是条小路，没有摄像头，无处寻找目击证人，又是在雨中，路灯光线不好，没有丝毫线索可以定性为交通事故。

当带队的警官接了新的警情时，跟我说了一声，终止了现场勘查。

看来，也只能这样了。

就在我往回赶的路上，表叔的手术结束了，他被推进重症监护室，仍然处于昏迷状态。看来凶多吉少，只能靠他自身的顽强生命力，再就是上苍的悲悯和眷顾了。

4

次日一上班，院方要求家属去大厅办理住院手续，表哥在办理"医保"时遇到了麻烦。他电话里很着急，说医保处要求交警出具事故结论，只有证明不是交通事故，才能使用"医保"。

我赶去医院交涉，说明了情况，他们表示没有别的办法，如当初不报"交通事故"就不会有这些麻烦了。

我哭笑不得，只好硬着头皮找交警帮忙。

昨晚出警的警官虽然夜里休息不好，但仍然精神饱满。他直截了当地说："没有证据证明这是一处交通事故，我们又怎么能出具证明呢？"

这个结果我想到了。

我又告知医保处，一个穿着制服的保养得很好的中年妇女摇了摇头，不是我们不帮忙，只是没有证明，我们不能办。

我只好托人找到交警队长寻求解决。

年轻帅气的队长听完，笑了，问："是谁怀疑是交通事故的？"

我答："是我。"

队长又问："是谁报的"122"？"

我答："是我。"

队长接着问："你现在还坚持认为是交通事故吗？"

我答："交警查了一晚上，一无所获。看来是我多虑了。"

队长最后说："既然无法认定是交通事故，那找122指挥中心销了警不就得了。"

看来，有些事说它复杂它就复杂，说它简单它就简单，关键取决于办事的人。明白人往往把复杂的事情越办越简单；糊涂人只会把简单的事情越办越复杂。看来，我就是个糊涂的人。

5

销警后，我想这下总可以了吧？谁知医保处不置可否，提出了新的解决方案。

他们说，既然连你们都怀疑是交通事故，我们更得慎重；这样，你们分别找救护车、110民警、报案人出具证明，用一个完整的证据链来证明当事人受伤是属于自身意外，我们就可以给办理手续。

这有点法院"谁主张，谁举证"的意思，听起来理由充分、依法办理，既然是依法办理就要讲究证据，似乎无可厚非。但我心里总有一种说不清道不明的怪怪的感觉，无所适从，又不得不从。

救护车是本院的，很快写了证明。

110民警找到出警记录，抄了一份给我，也算有了证明。

只剩报案人的证明了，好在民警告诉我，报案人大概与伤者同住一个小区，他们就是根据报案人提供的线索找到家属的。那只好请表哥查寻办理此事。

当 3 份证明摆在医保处的案头，才让表叔用"医保卡"住上院。住院部收了医保卡，说先交 2 千元押金吧，要不就要交几万元呢，现在两天不到就花了 1 万多。

这一通折腾，好在事情得到了解决。否则住院还不知要花几个几万元，我该如何对表婶、表哥交待呢？当初我觉得受人之托忠人之事，就拨打了 122 报警电话，谁知还会有这么一出呢。

6

表叔在监护室待了 10 天，还是撒手西去了。他带着雨幕里发生的云雾一样的谜团走了。而我们却没有证据证明是一个怎样属性的事件，只能眼睁睁地看着他老人家不明不白地走了。

忙完表叔的丧事，表哥送表婶回家，他决定陪心力交瘁的老娘在家住几天。

次日一早，我接到表哥的电话，他问："已销警的交通事故是否还能报案？"

我稍一愣神，马上反问道："怎么，老人家的事情又有了线索？如有，当然可以重新报案。"

他情绪激动地说："清早我出去买早餐，发现在老人出事的地点，有一大堆烧过的纸灰，里面有烧焦的水饺、肉块、水果等看似祭品的东西，应该是肇事者听说老人走了，为求得心安，昨天晚上偷偷烧的纸钱。像这种丧尽天良、漠视生命的人，仅受良心谴责是不够的，一定要受到法律的严惩才行！"

我失望地说："仅凭一堆纸灰，即便知道是肇事者所为，恐怕也不足为凭。"

他胸有成竹地说："这次，一定能揪住他的"狐狸尾巴"，拿到证据。因为昨天小区新装了监控，大门口的那个摄像头正好能照到出事地点。"

扣掉手机，我陷入沉思。看来销毁证据，逃避法律的制裁不容易；泯灭良知，逃避良心的谴责更难啊。我当然希望能抓住肇事者，还表叔一个公道。或许对肇事者而言，却是一个早日伏法、尽早获得内心解脱的机会。

螳螂和黄雀

冯伟山

　　也许是学生开学返校的原因，县汽车站候车室里的乘客比以往多了不少，显得乱糟糟的。晓军坐在座位上，静静地看着来往匆忙的人，若有所思。

　　这时，一个女孩边走边打着电话来到了面前。"妈，我到车站候车室了，你不用担心，学费我早就收好了，不会丢的，一到学校我就给你打电话……"声音虽不大，但周围的人还是注意到了她。二十岁左右的年龄，背着一个鼓囊囊的书包，手里还拎着一个装满了衣物的手提袋。女孩长得俊美，衣服却朴素，浑身上下透着一股与生俱来的乡野气息。女孩打完电话，就站在一边搜寻空座位。看着重重的书包压在她的背上，晓军刚想站起来让座，旁边的一个光头青年却站了起来。"小妹妹，来这里坐吧。"女孩望着他的发型和手背上的一块刀疤，摇了摇头。这时，光头身边的另一个青年站了起来，他也笑着说："小妹妹，来这里坐吧。"他边说边上前拉了拉女孩的胳膊。女孩看着他一脸阳光般的笑容，迟疑了一下，就坐了。小伙子清秀阳光，穿着也很得体，说起话来更是有板有眼，很有亲和力。小伙子帮女孩把书包和手提袋放在脚边，又递给她一瓶矿泉水。小伙子很健谈，女孩满脸笑意也说了不少，看来俩人还挺投缘。通过听两人聊天，晓军也基本知道了女孩来自农村，刚刚被省城的一所大学录取，是去报到的。因为爸爸死于多年前的一次车祸，妈妈又农活缠身脱不开，只好自己去学校了。看着两人聊得热闹，光头青年不时地朝他俩瞪眼撇嘴，一脸的不屑。

　　晓军抬腕看了下手表，离客车开往省城的时间还有半个多小时，他刚想眯会儿眼，却被女孩的一声尖叫吸引了。晓军抬头望去，见给女孩让座的青年正抓着她的书包飞快地朝大厅外跑去。人群一片混乱，晓军刚要起身追赶，却见光头青年早就追了出去。光头健步如飞，不一会就追到了跟前，他身子一蹲，一个扫堂腿就把男青年弄了个"狗吃屎"。他夺下女孩的书包，又把男青年从地上拎了起来。望着追上来泪流满面的女孩和围得里三层外三层看热闹的乘客，光头说："我是省城剧院的演员，下来体验生活的，因长得丑，舞台上大多演坏人，现实生活中虽不招人待见，但品行还算可以吧。"女孩一下红了脸，男青年也一脸无辜地坏笑。这时，车站的治安员也闻讯赶来了，要把男青年带走时，光头又说话了："这位帅哥是我的搭档，也是剧院的演员，这次我俩下来体验生活有好几项内容，其中一项就是"现身说事"，通过我俩的现场表演，让人们认识到和陌生人打交道不要只注重外表，不要被一个伪装着华丽外表的坏人蒙蔽了双眼，要时时有所防范，才能做到自身和财务的安全。"说完，两人都掏出一个绿本本工作证晃了晃。人群里有人喊了声好，接着掌声响成了一片。

候车室又恢复了先前的状态，男青年笑着对女孩说："妹子，没吓着吧？你的学费应该随身携带，怎么能放在书包中呢？我要真是一个毛贼，你就惨了。"女孩笑了笑，说："没事的，我碰上的都是好人呀。"光头把书包递给女孩，说："好好拿着吧，我俩也是回省城的，咱正好一趟车，到时送你去学校，放心吧。"女孩点了点头，一脸的幸福。晓军望着对面三个和自己同龄的年轻人，内心也泛起了一股暖意。

不多会儿，晓军和三个年轻人一起上了开往省城的大巴车。车上满员，狭小的空间顿时让人们感到了压抑，两个年轻人就发挥自身特长为大家演节目，给乘客带来了快乐，也换来了阵阵掌声。女孩满脸激动，自豪地把头靠在了男青年的肩膀上。临近省城一处人流拥挤的地方，男青年对女孩说："我们在这里下车吧，搭出租车十分钟就到学校了。"女孩点了点头，光头替她拎着书包，男青年替她拎着手提袋，还用一只胳膊柔柔地搂着她，俨然像一对热恋中的情侣。他们走下大巴没几步，晓军就见男青年猛地甩开女孩，和光头一起大步朝人流中跑去。女孩的尖叫再次响起时，大巴车还没启动，但晓军早已跳下车，如箭般追去。一会儿，晓军就撵到了两人身边，一手抓住一个的后衣领，只轻轻一拽，两人就摔倒在地。晓军跨前一步，把两人拖到一起，先用脚死死踩住男青年的脖颈让他动弹不得，又麻利地把光头的双手背在了后面。这时，已经围上了不少人，女孩一脸惊愕地看着躺在地上的两个青年，犹豫了片刻，拿出手机拨打了"110"。

望着地上不断求饶的俩贼，晓军说："你俩的确会演戏，刚开始我也被迷惑了，但通过慢慢观察，我发现你俩看到有钱人时眼神都会走样，全是贪婪和猥琐，并且人多拥挤时总想靠上去，还时不时眉来眼去地做小动作，这些都是贼惯有的本性。最主要的是你俩靠演戏骗取大家信任的伎俩，是最近一些大城市窃贼的新招，巧的是，我刚刚在微信上看到了公安专家的友情提示。所以，我就对你俩格外留心，没想到你们还真是贼！听着由远而近的警笛声，晓军又说："我刚从警校毕业，通过半年的实习和考核，已经成了一名真正的警察，今天我是正式来省城辖区派出所报到的，没想到抓了俩贼，算是见面礼吧。"

重　生

冯伟山

一大早，牛所长就开车来到了百里之外的一所监狱。他要接一个叫张大毛的小伙子，今天是他刑满释放的日子。

牛所长在一所乡镇派出所上班，虽然平凡，也破获了不少案子，在所里被称为"神探"。他认识张大毛纯属偶然，是在自己一个亲友的丧礼上。因在农村，亲友的丧礼雇了响器班子，吹吹打打中，牛所长被一个吹大喇叭的孩子吸引了。说是孩子，是因为他长得很孩子气，黑瘦，一脸的无邪。吹起喇叭来，两个腮帮子鼓得老高，小脸憋得通红，很卖力。吃完午饭快要起灵时，牛所长见他还在灵棚旁的桌子上喝酒，就过去和他聊了几句。

牛所长穿便衣，没人知道他是警察，说话就随便了许多。牛所长问了他的名字和年龄，知道了他叫张大毛，并且刚过了十八周岁的生日。又问了他为啥不上学，为啥学吹大喇叭，又为什么喜欢喝酒。张大毛显然有些烦，把杯子里的酒一饮而尽，梗着脖子说："你问得可够多的，我就回答你一件事。我喜欢喝酒是因为酒能让我兴奋，兴奋了，我才能把大喇叭吹好，吹好了，主家就能多赏我些钱。"他说完，嘿嘿笑起来，竟一脸的狡黠。牛所长有些尴尬，打着呵呵，转身刚要走，却被张大毛拽住了。张大毛说："这家的儿女都挺孝顺的，哭得让人揪心呀，你应该知道死者的儿子叫什么吧？"牛所长说："当然，我们是亲戚呀。"张大毛又说："对了，你连他的电话号码一起给我吧。"牛所长眉头一皱，说："干吗？"张大毛说："你这亲戚人厚道，我想让他给打听着村里再有丧礼用吹喇叭的给我打个电话，免得班子里管事的'扒层皮'，那样我就多赚些钱了。"牛所长说："你年纪小，咋光知道赚钱呢？""赚钱娶媳妇呀。"牛所长一笑，爽快地说："行！我告诉你。"

几天后，所里接待了一个报警的，竟是牛所长的亲戚，那天丧礼上死者的儿子。他说自己父亲埋在坟里的骨灰盒被人盗挖了，盗挖人给他打了一个电话，让他往一个指定账号里打两千元钱，就告诉他骨灰盒在什么地方。牛所长闻听，头一下就大了。类似的案件所里已经接到多起了，一直破不了，他心里正堵得慌。牛所长调整了一下自己的情绪，说："不要急，我们一定尽快破案，让老人家的在天之灵得到安息。"他安慰了亲戚几句，让他回家了。

牛所长坐在椅子上，点了一支烟，微闭双眼想那天丧礼上的点点滴滴。他脑子里出现吹喇叭的张大毛时，心里猛地"咯噔"了一下。他那天酒后向自己打听亲戚的名字和电话，会不会和盗挖骨灰盒有关呢？他说想让亲戚给他介绍一些吹喇叭的白活，为了省些介绍费，可听人说响器班子是一个整体，根本一人干不了活，也不存在介绍费的事儿。这时，张大毛狡黠的笑在他眼前闪现，他越想越觉得此事蹊跷，张大毛定有重大嫌疑。

等牛所长带着助手小黄找到张大毛时，他出去吹喇叭刚回来。牛所长出示了工作证，说找他调查点事儿，并让小黄到院子里到处看看。一会儿，小黄快步走过来，说："牛所，在南墙角的一个破棚子发现了三个骨灰盒。"牛所长嘴角浮上了一丝笑意，对张大毛说："走吧，跟我们去一趟派出所！"

张大毛还算识相，什么都招了。他说这多起盗挖骨灰盒的事儿都是他干的，他愿意接受惩罚，就是放心不下自己的母亲。原来，张大毛的父亲死得早，他和母亲相依为命。母亲有病，腿脚也不好，自己辍学后，为了赚钱就跟人学了吹喇叭，但还是入不敷出。想想母亲每天的药费和父亲留下的欠债单，愁得慌，就想了盗挖骨灰盒的馊主意。张大毛说着，泪流满面。

牛所长鼻子一酸，说："日子是苦了些，但好好干，总有出头的一天。实在扛不住还有社会这个大家庭帮你呢，干嘛要做偷盗勒索的勾当呀。"张大毛哭得更厉害了，说："我错了，我对不起我娘呀。"

张大毛案后来经过法院的审理，获刑两年。张大毛即将被警车拉走时，牛所长来了。他拍了下张大毛的肩膀，说："安心服刑，好好改造，我把你送进监狱的，到你刑满释放的那天，我还会接你回来的。"张大毛点了点头。

眨眼，刑期就到了。

张大毛被管教送出监狱大门时，转过身，朝他们深深地鞠了一躬。他看到牛所长时，显然吃了一惊，泪水一下子涌了出来。牛所长接过行李，朝张大毛一笑，说："走，咱们回家，你妈妈等着你呢。"

走到院子里，张大毛站住了，两眼看来看去的。这时，母亲拄着一副双拐出来了。她说："孩子呀，你走后，牛所长领人来给咱修了房子，也重新砌了院墙，地里的农活也给包了，我要没有所里各位干警照顾着，恐怕今天也见不着你了。"张大毛抱住母亲，娘俩哭作一团。

这时，牛所长从口袋里摸出一叠钱，塞到张大毛手里。说："这是一万块钱，就算我借你的，你当本钱，做个小买卖吧。以后有啥困难，尽管说。"

阳光暖暖地照在小院里，一片温馨。牛所长朗声说："大毛，先扶你娘进屋喝点水，我去割点肉买些菜，今中午咱包水饺，吃顿团圆饭。"

老人与青年

邱建华

老人的杂货店位于山路旁边，是方圆十里仅有的一家东西还算齐全的杂货店。石头砌成的低矮房子，房前的大槐树枝繁叶茂，亭亭如盖，阻挡着炽热的阳光。此时是午后，老头坐在槐树下的竹椅里看报纸，不时喝一口小方桌上已沏好的茶水，跛腿老太正仔细翻捡一小堆槐米。

一个看上去疲惫沧桑的青年出现了，老头收起报纸，爽朗地笑着招呼，"小伙子，喝点水吃点东西再赶路吧。"青年迟疑了一下，坐在了小桌旁，拿起旁边的凉白开大口大口喝起来。

"老婆子，整点吃的。"老头高门大嗓，老太急急进了屋，小伙子把手伸进斜跨的背包，犹豫了一下又放下了。

"甭掏钱，大爷这里饭管饱、水管足，别的就得掏钱了。"老头乐呵呵笑着。

老太拿来了几个馒头，一盘咸菜、一盘花生米，"将就着吃吧，你别嫌。"

青年说了声"谢谢"，大口大口吃起来，盘子很快见光了，青年有些不好意思，老头却乐了，"你小子行，饭量赶上我年轻时了。"然后进屋又端出一盘咸菜。

青年吃饱喝足，精神了不少。老头开始絮絮叨叨讲自己年轻时的荒唐事，"我年轻时和一个姑娘相好，姑娘家死活不同意，那天喝多了酒，拿刀就去了她家，一言不合，朝她父亲砍了下去，她扑上来护父亲，自己的腿却挨了一刀，后来我去自首，判了三年，没想到回来后她还在等我，喏，姑娘变成老婆子喽。"老头指指忙活着槐米的老太。

"你干嘛自首？只要她不追究不就没事吗？"青年不解。

"有没有事我不知道，可人犯了错就得认错改错，不然一辈子良心上过不去，抬不起头、挺不直腰。错了就得改，毛主席都犯错，何况咱们，一辈子长着呢。"老头一边说，一边走到老太身边一起收拾。

青年很长时间没有吭声，耀眼的阳光穿过浓密的树叶，在他身上投下斑驳细碎的光影，灼热的阳光里，两位老人安详静默地收拾着槐米。

青年走到阳光里的老人身边，"大爷，我打个电话。"

老人微微一笑，指指杂货店里面，"打去吧。"

青年迟疑了一会儿，终于还是坚决地按下了"110"。

青年不知道的是，老人刚才看的报纸上有一则警方悬赏通缉在逃疑犯的公告，照片相当清晰，正是眼前的他。

一个小小的违法行为，也许会失去你最爱的宝贝。遵纪守法，从点滴做起……

奶奶，你真的爱我吗

梅　夏

　　李翠云是个急性子，干什么都风风火火的。半辈子了，做啥事都要赶在别人前头。偏偏儿子不随他，不但平时说话慢腾腾的，而且结婚都三年了，儿媳妇的肚子却一直不见动静。

　　李翠云那个着急啊！每天赶着儿子、儿媳各大医院做检查，可偏偏就是查不出毛病。急得李翠云喉咙嘶哑、嘴唇起泡，整夜睡不着，头上噌噌冒火。

　　还好，儿子在结婚第四年上，儿媳的肚子终于鼓了起来。怀胎十月，生下一个白白胖胖大小子。李翠云这个高兴啊，整天抱在怀里，连睡觉都舍不得放下。真是含在嘴里怕化了，捧在手里怕飞了，那孙子就是她的心头肉。

　　孙子乳名叫小宝，那真是全家人的宝啊。小宝在一家人的呵护中，健健康康长到了两三岁。可是人吃五谷杂粮，没有不长病的，那天小宝突然发烧，儿子急忙开车送去医院。车开到市中心，偏偏前方发生一起车祸，堵车了。李翠云不停地给孙子用湿毛巾擦脸，自己脸上的汗却冒个不停。堵车堵了十几分钟，李翠云等不及了，就要抱着孩子下车。儿子慢吞吞地说："小宝发烧没大事，你看外面还下雨。咱又不是急诊，等会吧……"

　　李翠云说："等等等，光知道等！我就看不惯你这慢性子，什么时候能赶到人家前面去？"然后吩咐儿媳妇打伞，她抱着孩子就下了车。

　　离着医院还有六七里路，李翠云硬是抱着孩子走了去。雨越下越大，为了照顾小宝，婆媳都淋了一个落汤鸡。小宝又白又胖，都有三十多斤了，医院爆满，又没有空床，李翠云抱着孩子又打了四个小时的点滴……孙子的病好了，却把李翠云累病了。

　　李翠云对孙子，那是有求必应，除了天上的月亮拿不下来，别的舍了老命也要办到。好在小宝也听话，无论谁问起来："谁对你最好啊？"他必定回答：

"奶奶。"李翠云乐得合不拢嘴，有时候还抹一把眼泪："好孙子！奶奶真是没白疼你……"

可是孩子渐渐大了，已经到了上托儿所的年龄。纵有万般不舍，孩子的前途是大事，没办法只有按时接送了。往往是离放学还有两三个小时，李翠云就在托儿所门口等着。有时干脆送去就不回家，一直等到小宝放学。接孩子的爷爷奶奶们都封她为接送大队长，最称职奶奶。李翠云说："那是当然！小宝就是我的命根子。"

看着小宝从幼儿园出来，就急忙把他抱到电动三轮上，然后开始问："累不累啊？小朋友有没有欺负你啊？……"然后一边哼着歌谣，一边有说有笑回家。

本来这次和往常一样，他们高高兴兴往家走。走到十字路口，李翠云没有停，继续加速。倒是小宝说："奶奶，是红灯啊，等一会吧。"李翠云说："没事！两边又没车。咱这电动车又没有牌子，奶奶也没驾驶证，咱老人儿童的，警察看到也罚不了款，拿咱没办法，呵呵……"

李翠云的笑声还没停，远处一辆汽车箭一样冲过来，等到发现他们，想刹车却来不及了。轮胎和路面摩擦出一股刺鼻的气味。在别人的惊呼声中，三轮车一下子就被撞翻了……

等到李翠云醒过来，已经是在医院里。她一睁眼，就急忙问："小宝呢？小宝咋样了？"身边的人都在抹眼泪。李翠云急了，好在她并无大碍，挣扎着爬起来去找小宝。小宝刚刚从重症监护室出来，看到奶奶，苍白的脸上挤出了一丝笑。李翠云号啕大哭："我的心肝啊，我的宝贝啊，你怎么样了？"

小宝用微弱的声音问："奶奶，你真的爱我吗？"

李翠云说："我的小宝啊，你就是奶奶心尖尖上的肉啊，我能不爱你吗？"

小宝说："老师说，闯红灯就等于自杀。爱我，那你为什么还带着我去自杀？"

然后小宝的眼睛就永远地闭上了。空留一群大人在号啕大哭。

和平路 1102 号

吴瑞芳

　　穿过一个红绿灯路口，再右拐就是和平路了，可是尽管有便衣警察郑志勇陪同，于如松难以平静的心情还是愈发地紧张起来。他不知道接下来会发生什么，自己又该怎么去应对。

　　今天早上，于如松骑着电动车急匆匆地去上班。等到了单位，他才忽然发现自己的包不知什么时候弄丢了，他的包里有前不久刚买的一部两千多元的手机，还有钱包、身份证、银行卡等。于如松赶紧顺原路返回去寻找，可是找到自己的住所，他的包也不见影。急得浑身冒汗的他赶紧用座机拨打自己的手机，一连打了两遍也无人接听，他思忖着各种可能，正想再打一遍时，座机响了起来。他一看来电显示，正是自己的手机号，他一把抓起电话："喂，你好！"电话那端传来一个慢条斯理的声音："谁啊？"于如松按捺下自己狂跳的心脏，声音里满是讨好的谄笑："大哥你好！这是我的手机，你捡到了我的包吧！太感谢你啦！你现在在哪里啊？"对方满不在乎的声音传过来："你的包在我这儿，我不稀罕。不过……"电话里的声音忽然停了下来，于如松的心都提到嗓子眼了，赶紧接过话头："大哥大哥，你把包还给我吧！我刚大学毕业，是来咱们这里打工的，那里面是我全部的财产了，你把包还给我好吗？""还给你，当然是要还给你的，不过，你打算怎么感谢我呢？"听了这样赤裸裸的问话，于如松情急之下说到："我，我给你 200 块钱行吗？""200 块钱？"电话里那人顿了顿，说到："这样吧，我现在正忙着，你过两个小时再打过来吧！"说完，就把电话扣了。于如松"喂喂"了两声，听到电话里的忙音，颓然地放下了电话。他呆呆地望着电话，心急如焚却又无计可施。前思后想后，他决定去派出所报案，可是接警的郑志勇听完他的叙述后说道："你包里的钱物加在一起不足 5000 元，警方不能以非法侵占财物罪立案。"于如松垂头丧气地返回住所，将自己重重地摔进沙发里，失望沮丧地用手揪着自己的头发。可就在他一筹莫展的时候，捡包人却主动打来了电话，告诉他去和平路1102号取他的包。于如松不敢一人前往，这才有了民警郑志勇陪同前往这一幕。

和平路1102号，是一家临街的杂货商店，店主，也就是捡包者是一位40多岁的男子。当他得知于如松就是丢包者，皮笑肉不笑地说道："呵呵，哥们挺能耐的，还找了个保镖？"郑志勇连忙赔笑道："没有没有，我们一起打工的，我正好从这里路过，顺便开车送他过来。"于如松也赶紧讪笑道："大哥别多想，你捡到了我的包，我感谢你还来不及呢，怎么会有其他想法？"店主斜了他一眼，说到："感谢的话就不用说了，我呢，看你是个小年轻，也不难为你，给我300块钱，包你就可以拿走啦。"看于如松面露难色，郑志勇连忙说道："大哥真是痛快人，没问题没问题，应该的应该的，小于，给大哥钱。"于如松尴尬地指指自己的包，店主苦笑着摇摇头，回身取过包："看你挺有模有样的一个孩子。"于如松接过自己的包，拿出钱包，取出300元钱，递给店主："大哥多担待，我实在没多少钱。"店主接过钱，望着于如松："孩子，不是哥我缺钱，是让你长记性，明白不？"郑志勇连忙说到："对对对，是该让他吸取教训的。"店主转向郑志勇："郑警官，我收他的酬金不犯法吧？"看着郑志勇和于如松两人惊异的眼神，店主继续说到："去年，我姐家被盗，郑警官就是你去查看的现场，当时我在场。"郑志勇恍然大悟道："大哥别见怪，小于没什么社会经验，怕被你敲诈勒索，所以我才陪他走一趟。也没别的意思，你的要求也是正当合法的。君子爱财取之有道，也是可以理解的。你们能这样和平解决，我也很高兴，大家都是遵纪守法的好公民，以后也许会成为好朋友呢，你说是不是？"听了这话，店主有点不好意思起来："来来来，我请你们喝可乐！至于300块的酬金我只是热热手而已，哪能真要呢。"

和平路1102号里笑声一片。

归 来

刘传祥

　　他因为用刀把村长砍成了重伤，被判了十年有期徒刑。他还记得去派出所自首那天，大雪扑天盖地下了一整夜，整个山村都被白茫茫大雪覆盖了。

　　雪地里，他远远听到母亲在撕心裂肺地哭。

　　那一年，村里谁也不知道他为什么要砍村长。

　　在监狱里，他努力改造，并有立功表现，被减刑提前释放了。从此村里再也没人见过他，就像人间蒸发了一样，谁也不知道他去了哪里。

　　十五年以后，镇长说，沿海有个企业老板捐了100万，要给山村修一条出山的公路。当村里人敲锣打鼓地去迎接时，才看到捐钱的企业家竟然是他。

　　这时候，村长已经病死了。大家都说村长是窝囊死的，因为当年他那一刀，把村长的命根子齐齐地割断了……

　　他一家一家拜访，看望完村里的乡亲后，来到山坡上一座长满了枯草的坟墓前，轻轻地跪下，含着眼泪说："英子，我来看你了，你在那边还好吗？你的仇已经报了，那个畜生已经死了。"

　　村里人还都记得，十五年前，村里年轻漂亮的英子姑娘，忽然有一天晚上喝农药自杀了，没有人知道原因。

　　英子坟墓不远，就是母亲的坟。

　　母亲是在他进监狱的那年去世的。

　　他长跪在母亲坟前哭道："娘，我错了，当年儿子是真的错了……"

　　漫山遍野飞扬起纸钱的黑色灰烬……

红　茶

王友珍

　　九月，还是热气未消的时节，孩子们也纷纷步入学堂……

　　来到新的学校，李燕兴奋不已。坐在第二排，前面就是班长的位子。同学都很热情，这样优越的环境，学习起来一定更加轻松了。李燕美美地想着……

　　知了的叫声突然稀少了，炎热还没有完全驱散。家长体谅孩子们学习的劳累，多数都会给孩子准备现成的红茶，成瓶的，既能消除孩子的暑气，又能提神健脑。班长家条件优越，父母买了成箱的红茶放在家，给孩子一天带一瓶。

　　这一天，上完体育课后，同学们满头大汗，回到教室。

　　"嗯？我的红茶刚才还放在桌上，怎么现在不见了？真是的，正口渴得要命……"班长在位子上翻来覆去地找水瓶子。班长正身一倚，后面的桌子倾了一下——"啪"的一声引起了许多同学的注意。

　　"咦？这不是我的红茶？"班长低头大喝。

　　班里顿时一片哗然。

　　"对对对，体育课上课之前是李燕最后锁的门……"不知哪个同学随声附和道。

　　班长有些急躁，"你，"她捡起水瓶，指着李燕说，"你为什么拿我的红茶？自己没有水喝吗？"

　　"她那里喝得起？哼……"有人小声议论。

　　"有困难，给我说就是。何必做些偷鸡摸狗的事？真是……"班长轻蔑地说道。

　　同学的议论声由小变大，"哎呀，原来她是这种人。"

　　"就是就是，真想不到……"

　　"也难怪，听说她妈妈是捡垃圾的呢……"

"哼，这样的人学习好又有什么出息呢？"

……

"我没有！没有偷！"

一直坐在位子上一声不吭的李燕忍无可忍，她一把夺过班长手中的瓶子，拧开瓶盖，重重地摔在桌子上，扭身冲出了教室。

同学们都瞪圆了眼睛，盯住了那瓶红茶。这时，一股奇怪的味道传来，酸酸的，涩涩的。

班长拿起瓶子闻了闻，眉头顿时紧锁。

坐在旁边的同学接过红茶尝了尝，"这……这是什么水？不是红茶！"

终于，课间结束了，班里早已鸦雀无声。

李燕跑到操场上，强忍着的泪水夺眶而出。她回想着：母亲给自己拣来了红茶的瓶子，又去亲戚家要了点山楂片，回家后熬成水，装在瓶子里。她懊悔极了。为什么向母亲要那好几块钱一瓶的红茶？为什么非想尝尝那红茶的滋味？如果不是因为自己的虚荣心，母亲也不会操劳，今天的事也不会发生……要不是因为虚荣心，刚才她就应该澄清，自己瓶子里的不是红茶，而是酸涩的山楂水……

就这样，李燕坐在操场边，直到夕阳落下。

"李燕，"远处传来班长的声音，"对不起，"她气喘吁吁，"刚刚同学做值日时，在讲台下面找到了我的红茶。大概是谁不小心碰掉了……"说着，她低下了头。

李燕拍拍她的肩膀，什么也没说。

班长红着脸，递过一个瓶子，"来，跟你换，你这'酸茶'可比这红茶有价值多了！"

夕阳西下，炎炎的烈日躲远了，红茶的香气依旧弥散着……

忌　日

耿春元

他晚上很少出门。

今天天已很晚了，他却悄悄走了出去。

他悄悄走出家门，并且走出镇子来到野外，走进了那片树林里。这是一个伸手不见五指的夜晚，树林里很静。

没有一丝儿风声，没有一声儿虫鸣，只有双脚踏着落叶的沙沙声和自己怦怦的心跳声。

树林很大，一直蔓延到远处那座荒凉的山岗上。这里不管白天还是黑夜，很少有人来。

他走进树林停下来，辨了辨方向，慢慢向树林深处走去。树林深处阴森森的，透着凄凉。

他向树林深处走去的时候一只猫头鹰忽然在前面一棵大树顶上叫了几声。那叫声很响亮很凄厉，他忽然感到今天是否有些不吉利。

终于看到了那棵树，那棵树已经很苍老了，仍然老朋友似的立在那里。就依着它的树身歇息了一会。再往前走就到了一个很隐蔽的地方。他在这里停下来之后长长地叹了一口气。渐渐想起了许多往事，那时他很年轻，也英俊；那时这里的树木都很青翠，连那风都是香的……

他不觉心里添了几许酸楚。

忽然听到两个汉子说话的声音，他的身子马上缩成一团，脸都吓白了……

夜已很深了他才回到家里的。

偷偷上床的时候，妻子翻了个身，埋怨道：

"到哪里去了？这么晚？"

"到后街老五家去了，"他说，"老五家电表坏了。"

他是个电工。

他跟妻子这样说的时候是预先想好了的。

这自然是个谎。

几天后公安局破获了一起绑票案，一切才真相大白。

他受到了表彰。

记者采访他的时候，他见记者实在，又跟自己一样也是一位已过不惑之年的人，就凑近记者耳根悄声道：

"咱这英雄当得太容易了，说出来你可千万别让俺老婆知道。"

记者一听这里面必有故事，就一本正经地频频点头道：

"那是，那是！"

"这是也太巧了，"他接着告诉记者说，"每年俺都到那'老地方'去一次，这是跟大草姑娘约好了的——你不知道大草姑娘有多好！结果就听到了那两个家伙在那里谋划那伤天害理的事。那声音一听就很熟，这就注定他们活该栽在咱手里，很简单的。"

是很简单。

记者笑了。

记者笑他一把年纪了还背着老婆深更半夜到山野荒林里去会情人！记者端详了他半天，老朋友似的打趣道：

"真看不出来，想不到你老兄还……怪风流的！"

"哪里话呢，"他心情沉重地说，"大草姑娘死了多年了，那天是她的忌日呢！"

知　音

陈　峰

　　门外，一阵脚步，响起敲门声。田阳眉头一皱，会是谁？扔下正读的书，打开门。田阳一愣，一张满是汗水的笑脸，似曾相识。

　　"请问你是？"

　　"我是贾华呀。来人热情而激动地说，我俩还是中学同学呢，同级不同班啊。"

　　田阳被动地握住贾华早就伸出的手，客气地说："你好，你这是……"

　　"哎呀！大作家，真是贵人多忘事啊。你忘啦，我也是个文学爱好者，中学时代作文全优。今天，我在市报上又看到你的大作，别提多高兴了，费尽周折打听好几个人，才找到这儿，上门拜师来啦，我从小就崇拜作家，著书立传也是我多年的梦想。"

　　"哪里，哪里，让你见笑了。"田阳敷衍着说。

　　"呵呵！文人全是一个毛病，特谦虚。不用跟我玩这套，我都打听清楚了，你是我的心中偶像呢，同学们谈起你，都为你自豪啊，要不，大热天我跑这儿来拜访你？我吃饱了撑的！"

　　田阳看贾华也是实在人，热情地把他让进客厅，心情愉快地泡上一壶西湖龙井茶，对坐而饮。话题自然是关于文学的。田阳在贾华热情而羡慕的眼光中，讲了文学的现状和发展趋势。又讲了自己的创作情况，越谈两人越知心，最后还是没有绕开稿费、版权、书号等这些敏感和实际的问题，有些无奈在田阳的言谈中闪现，心有不甘，又无能为力改变现状。

　　贾华绝对是聪明人，眼珠一转，轻轻一笑，说："老同学你一百个放心，只要你有好书稿，书我给你出，版权是你的，质量保证一流，咱不差钱。"说完，拍得胸膛"啪啪"响。

"那怎么行！我无以回报啊。"田阳两手一摊说。

"哎呀！咱俩谁跟谁啊，别说客气话，有难同当，有福同享，你放心，你的事就是我的事，也让我跟着你沾点名气。现在我和几个朋友炒点地皮，钱来得容易，不差三万、五万的。"贾华又拍着胸膛说。

田阳心里热呼呼的。感慨道："真是多个朋友多条路，怎么就早没想到呢。"田阳执意留下贾华吃午饭。

贾华接了个电话，不耐烦地重述电话的内容："知道啦，银行划拨的五百万贷款到账了，中午请银行的人吃饭，好吧，再见。"

贾华挂断电话，望着田阳，笑着说："有钱的贷款，没钱的存款，把手伸进别人口袋是小偷，把手伸进银行是老板。社会的弊病。"说完，双手抱拳，满脸堆笑，急匆匆地走了。

田阳望着他的背影，想想自己，一声长叹。

一个星期后，贾华又来敲门。田阳热情地迎出。当他看清贾华的礼物是一个崭新的笔记本电脑时，一下子唬下脸来，说："这么贵重的礼物，说啥也不能收。"

"你还拿我当外人？就算是我借你用的，行吗？要不你给我写个借用字据，太过分了。"贾华气呼呼的，也有点恼怒的样子，仿佛再推让，他俩就要断袍割席，老死不相往来。

"瞧不起我，利索说。"贾华又补充一句。

田阳红着脸，双手接过。心想："在有钱人眼里，万儿八千的还算是大钱吗。有钱的和没钱的就是不一样。"

在田阳家门口的饭店里，要了一个单间，两人边喝边聊。贾华无所不通，无所不晓，结结实实给田阳上了一堂生动的社会实践课，听得田阳心服口服，频频点头，不住地说："有道理，有道理。"

田阳听明白了，坐在他面前的不是崇拜者，而是个响当当的人物。田阳用另一种眼光打量贾华，突然有些自卑，心想："凭几十年的社会经验，这家伙也成精了。"

当贾华和田阳告别时，颇有相见恨晚，伯牙遇子期之意。

不知过了多久，贾华急匆匆赶来，说要借用田阳夫妻的工资卡。贾华说，因参加城中黄金地段一块地皮的竞标，期限已到，资金有一部分没到位，先用工资卡在银行作担保贷款，等地皮一到手，贷款数额百分之五的利息付给田阳。也就是说，如果两张工资卡贷出四十万元。田阳每月收利息是两万元。这对夫妻都是公务员的田阳来说，是求之不得，因他夫妻俩的月工资加起来还不到五千元。

贾华无限真诚地说："我也是为你们好，要是别人的卡，这每月两万元的利息，就得装入别人的口袋，也算我力所能及地帮兄弟一把。"

田阳一声接一声地说着"谢谢"，急忙找出夫妻俩的工资卡和身份证，双手递给贾华。

够哥们！贾华激动得脖子也红了。拍着胸膛说："两天后我把工资卡和身份证完璧归赵。"

贾华送回工资卡和身份证时，随便拍在桌上两万，说："这是第一个月的利息，你先收着，以后我按时给你送来。"

田阳推辞着说："你这阵子用钱多，先不要着急我，到时一块算就好，我还信不过你。"

"拿着，拿着，"贾华忙解释说，"听我的，亏了别人也决不能让你吃亏。以后如果有什么事，直接打我电话，二十四小时为你开机，没有哥们做不到的事，除非想不到。"

田阳有了电脑，写作如虎添翼，作品屡屡见报，田阳自己也信心百倍，专心写作，大有厚积勃发之势。田阳偶尔拨打贾华的手机，贾华总是先说实在是对不起，然后说太忙。贾华非常歉意地对田阳说："等我忙完这一阵子，搞个同学大聚会，好好庆祝一番，让那些没有及时勾引你的女同学后悔死。"说完，贾华和田阳在电话中愉快地笑着。这哥俩，真铁！

周末，田阳正在冥思。门外，响起一阵脚步声，接着是敲门声。

田阳开门，是一个穿制服的陌生人。他问："请问你是田阳吗？你跟贾华认识？"

"是铁哥们！"田阳点着头说。

穿制服的人，递给田阳一张四十万的催款通知，说："如果再有一个月不还款，所有贷款将从你们夫妻的工资卡里扣除，直到扣完为止。"

"那，贾华呢？"田阳迷惑地问。

"如果能找到他，还来找你吗。"穿制服的人说。

可那钱是他贷的呀。

"我们也在找他。请你先在通知书上签名吧，这是我的送达任务。"

怎么会这样。田阳一下子蒙了。签字的手哆嗦着。

田阳找出电话，把贾华的手机号码核对好几遍，才重重地按了呼叫。

"对不起，您所拨打的号码已停机。"一个温柔的声音。

走亲戚

马汝建

李局长放下电话，心里久久不能平静，觉得有必要下去看看了，对方那句话深深刺疼了他的心。

李局长从档案里看到：王大爷前年遭遇骗子利用电话把他辛辛苦苦攒下的俩养老钱全骗走了，他来报案后，公安局使出浑身解数才把骗子逮住，只是骗子把钱都花了，追回来得不多……李局长从档案上看到这些，觉得应该过问一下他现在的生活。公安战线的"大走访"活动，李局长称为"走亲戚"，成了他工作的新常态。李局长在电话这端说："王大爷您好，请问你现在生活还好吗？还有什么困难的地方需要我们帮忙吗？"

那端先是愣怔了一会儿，沉吟好久才说："有……没有……我们有不顺心的事你能帮了？啊！你是谁？为什么要帮我这个老头子？"

"大爷，我是公安局的，打电话的目的就是想和你拉拉家常，了解你有什么需要我们公安部门帮助解决的难处没有？"

"是……是吗？有这好事？"那端显然是感动了，同时又在嘀嘀咕咕地小声回答另一个人，忽听一个女人大声说："你上的当还少啊？还没让人把你骗去？快扣快扣。骗子什么人不冒充吧，连公安局都敢冒充。等会儿就要骗你的钱了……"

"对对对，"那端说着，"啪"扣上了电话，很干脆很无情。李局长心里有些郁闷，也有些悲哀，觉得不下去看看，那俩老人更坚信自己的"英明"判断了。

按户籍一查，王大爷的家在城郊。李局长和秘书骑着公共自行车，穿便衣，没惊动下面派出所，悄悄找到了王大爷家。王大爷两口子警惕性很高，横在大门口对李局长左右盘问，就是不肯让他们进家门。解释也没什么结果，李局长和秘书很无奈，打算无功而返。还没走呢，地方派出所的警车从天而降般停在李局长俩人面前，下来的警察一副"抓坏人"的威严表情，但一见俩人立刻就恭恭敬敬起来，头一抬胸脯一挺，"啪"，干脆利落地行了个礼。

原来是王大娘抽空子偷着打了"110"。

王大爷听着警察的解释，才知道来了真公安，还是局长，吃惊不小，脸都吓黄了，满脸深厚浓密的褶子聚集起来，随着胡子一齐抖动，哆哆嗦嗦说不出囫囵话。

冷热两重天的遭遇，让李局长心里哭笑不得。但他还是微笑着对派出所的警察开玩笑说："怎么，我来走亲戚还要惊动你们的大驾啊？"说着又拉起王大爷的手说："王大爷，你见谁家请公安来招呼亲戚的？也不让亲戚进家门喝水，这样不好吧？"

王大爷听到这些，见局长又和颜悦色，脸上那些皱纹放松开来，溢出笑容，不好意思地握住李局长的手连连道歉："都是我老婆子不好，一个农村老娘们儿不懂事，你别在意……走，进屋喝茶去。"

派出所的警察见状说："李局长，你走亲戚，喝好茶吃好饭，我们就不掺和了吧？"

"别啊，我的亲戚就是你们的亲戚，是咱们的亲戚，是不是？一起进家喝水。"李局长爽朗地笑着，手被王大爷攥着牵进了家门，声若洪钟地吆喝老婆子烧水泡茶，一副来了能亲戚的自豪模样。俩人坐下拉起了家常。李局长发现，王大爷是个很爽快很善谈的人，说起被骗的事，他乐呵呵地告诉李局长："被老婆子好一通骂，到现在一提起来还耿耿于怀。钱是人挣的，没有了再挣。这不，我又攒下一万多了，儿子、女儿都想给钱，我不要。你在电话里问我有什么难事，说实话，我还真有个事情想问问你们能帮帮我不？但又没真凭实据，不知该不该说。"

"说，怎么不该说？说出来我听听。"李局长微笑着催促道。

"我们老俩的一辆电动车被人偷去两三天了，我怀疑是村东头二宝偷去的，看他交往这么多不三不四的人，我就觉得这小子不地道。但我们又没抓住他手腕子，所以不敢报案，怕冤枉了好人。村里的人都和我一样这样想，你们要是不来走亲戚，我也就认倒霉算了。"王大爷脸色很纠结地诉说着。

"那不行，财产受损失一定要报案，你提供线索，我们查实。你放心，我们一定不会冤枉一个好人的，洗出人家的清白，也为你挽回损失，对不对？"李局长回头对身旁的警察耳语一通，又告诉王大爷："你等我们的消息。但没查清楚之前，可不要乱吆喝，冤枉了人家也不好，是不是?"

过了三天，李局长得到派出所传来的好消息：抓住一条大鱼。暗中调查得知，二宝吃"窝边草"只是搂草打兔子——捎带着的小活，还做着一宗大买卖，家里是个假币中转站，数量估计小不了，请求市局成立专案组详查……

"好!"李局长暗暗喊一声后，自言自语地说，"虽然受点委屈，看来这亲戚还走得挺值。"

冲动的惩罚

孙树东

爹临终前对阿虎叮嘱道："虎子，冲动是魔鬼，凡事要懂得忍让，吃亏是福。"

"爹，我知道了，您放心吧。我一定要改掉自己急躁冲动的性子，遇到事情先冷静冷静。"看着爸爸虚弱的身体和殷切的眼神，虎子痛哭流涕。但疾病无情，自己最敬重和最亲的人还是走了，留给了虎子无尽的思念和那句时刻响在耳边的话："冲动是魔鬼。"

虎子又被警察带走了，因故意伤人被判处一年的有期徒刑。

如果虎子能够克制一下，不跟人在公路上开车斗气，也许悲剧就可避免。两个家庭会很完整，可是……

其实虎子是个为人处世非常不错的小伙子，尤其是对待父母尊敬孝顺，在十里八村也是出了名的。但是唯一的缺点就是太较真太冲动了。这不，今天是载着媳妇儿子回娘家的日子，路上车辆不多，宽宽的大道，舒服的 CD 音乐，爽爽的心情啊。突然后方来了一辆车急速超车，险些碰到虎子的汽车，虎子方向盘一个猛打差点撞到了右边的路沿石。这时的虎子气不打一处来，狠狠地骂了一句："这个混犊子会不会开车啊？看老子给你个下马威！"

要说虎子为啥有这么大的底气呢？就因为上次的别车事件他曾狠狠地教训了一个年轻的女司机，当时虎子正在等绿灯，已经排起了长长的车队，后面的一名女司机慢慢地开着车加塞到了虎子的前面。虎子二话不说上去先理论了一番，接着就是一顿猛打。事后虎子虽然被判拘役并向对方道了歉进行了补偿，但他仍然一副不服气恨恨的样子。

虎子这次直接拿下了随身带着的棒球棍，毫不客气地敲了敲对方的车玻璃。"你给我下来，赶紧的！"虎子吼道。

对方是个壮汉，也不示弱。抄起家伙就下了车。"你想咋的?"壮汉反问道，"想单挑啊?"

虎子一听这个，直接来了气，心想：超车差点撞到我的车，还理直气壮，看来不给你点颜色看看是不行了。

虎子照对方头部就抡了过去，对方用力一挡，虎子急速地退了几步。鼓起劲又一顿猛冲乱打，凭着自己对中国功夫的痴迷和模仿，不多时虎子虽然受了点皮外伤，但还是把对方打趴在了地上，头破血流不止。

一看这样，虎子也慌了神，钻进车里就飞奔而逃，由于怕再次被逮到，虎子把妻儿放回娘家后，不顾妻儿的劝说自首，反而在一个朋友家里呆了一晚上。但最后根据一个目击者提供的线索，虎子还是被扭送回了公安局，因把对方打成了重伤而受到了惩罚。

或许这次虎子真会彻底悔改，好让父亲走得安稳踏实……

美男计——贪心的人

张海滨

夜已深了。

办公室里安静极了，连点击鼠标的声音都显得格外清晰。"给我一个理由忘记，那么……"手机铃声突然响了，把正在加班的周可儿从昏昏欲睡的状态中硬生生地拽了出来。她放下鼠标，用手揉了揉眼睛，努力想让自己清醒一点。看着手机屏幕上闪烁着的"韩"字，周可儿就气不打一处来。"林晓韩，你大半夜给我打电话想吓死我啊！不知道我在加班啊！"林晓韩是周可儿的室友加闺蜜，她俩从小玩到大，彼此说话从来不客气。被周可儿这一吼，林晓韩也有些心虚了，连忙认错。"哎呀，我错了，我错了还不行嘛，人家也是关心关心你。你都连续加班这么多天了，我看着都心疼，工作别那么拼，累坏了身体倒霉的还是自己……"林晓韩总是像周可儿她妈妈一样，唠叨得很，但周可儿从不感到烦人，一方面她脾气好，另一方面，她觉得自己一个人在外面工作，能有个人和自己互相照顾再好不过了。

周可儿来腾飞集团工作已经有两年了，现在在财务部门做出纳，收入也算可观，人长得也漂亮，可就是没男朋友，至于原因嘛，连她自己也不知道。这可把周妈急坏了，成天打电话催她，给她物色相亲对象，什么"都二十八九了，再不嫁就真嫁不出去了！"，还有"你想等到我这个年纪再嫁人吗？"，这些话周可儿都能背下来了。但她自己一点也不着急，她觉得她没交男朋友是因为还没有遇到她的真命天子。

周末，风和日丽。林晓韩约周可儿出去逛街。她太了解林晓韩了，和林晓韩一起逛街，她就是一个廉价劳动力——拎包的，她才不去呢！这时，林晓韩又使出她的杀手锏了，软磨硬泡，威逼利诱，并且答应中午请她吃饭，周可儿才勉强答应了。

一晃一上午就过去了，俩人手上都拎满了大包小包的各种东西。周可儿又累又饿，俩人便就近找了一家餐厅先吃点东西。她们刚坐下没多久，周可儿就碰见熟人了，是和她一个办公室的同事孙杰。孙杰朝周可儿走了过来，"好巧啊，可儿！对了，给你们介绍一下，这是苏言，我一哥们儿，这个是我同事，叫周可儿。"这时，周可儿才注意到孙杰身边还有一个人。周可儿仔细观察了一下苏言，不得不说，他长得真的挺帅气的，特别是那乌黑深邃的眼眸给他增添了一丝神秘的色彩。但从他微微上扬的嘴角可以看出，他应该很阳光。

四个人吃完午饭后，一直聊天到下午两点半才分开。苏言和周可儿交换了电话号码，可以看出，他们对彼此都挺有好感的。

回家路上，周可儿一直在和林晓韩谈论苏言。本来林晓韩没太在意，可接下来的几个月中，周可儿天天和林晓韩讲"今天苏言请我吃饭了"，"今天苏言约我去看电影"，"今天苏言跟我讲他妈妈，她说她妈妈很漂亮，他应该挺有孝心的吧……"诸如此类，都是生活中再细微不过的一些小事情，但中心思想总是苏言，这让林晓韩开始怀疑了。她决定找周可儿谈谈，探探她的底。

晚饭过后。"可儿，有事吗？过来坐下，我跟你交流交流，谈谈人生。"林晓韩抱着薯片躺在沙发上喊着。周可儿不急不忙地把刚刚洗好的衣服晾好后，就过来了。"怎么了？"周可儿一边问着，一边伸手去拿林晓韩的薯片吃。只见林晓韩从沙发上下来，把薯片放下，擦了擦嘴。

"可儿，你是不是喜欢苏言？"林晓韩性子直，从来不说废话，直接切入正题。

"啊？你还真是我肚子里的蛔虫啊！怎么说呢，就是感觉他很好，跟他在一起很开心。"起初周可儿没反应过来，愣了一下才回答。

"我就说嘛，看你整天回来跟我说话，主题全是他。"林晓寒一副"全都在我的掌握之中"的样子。

"那他什么态度？"

"我说不上来，反正他对我挺好的，经常给我送送早餐之类的。"

"那小子一定在打你主意！"

"大小姐，你也老大不小了，也该找个人嫁了。你跟苏言也相处了好几个月了，人家长得也帅，也有稳定工作，感觉他人好的话，就快嫁了呀，不然又让人抢走了……"林晓寒不但说话一针见血，还滔滔不绝。

果然，两个月后的一天晚上。苏言在周可儿公寓下用蜡烛摆了个心形，他站在中间，手里抱着一束花，捧着一捧气球。邻居都围成了一个圈。求婚！！

　　一直到很晚了，周可儿看着自己无名指上的戒指，还没缓过神来，仿佛刚刚发生的一切都是梦境一样，享福来得好突然。人家苏言也是与众不同啊，跳过了告白，直接求婚啊。

　　可儿带苏言回了老家，可儿爸妈见了苏言后，一个劲地夸人家，苏言都不好意思了。苏言说他是孤儿，从小就没爹没妈，一直在大伯家长大，三年前，大伯去世了，他就一个人出来创业，现在是一个人。可儿爸妈觉得苏言老实，又会疼可儿，值得信任，便也放心了。接着他们就开始准备结婚需要的东西了，这个过程实在是太繁琐了，但苏言一直乐此不疲，他的这种态度，让可儿爸妈都很高兴，更加觉得苏言是个可以把女未托付给他的优秀人选，特别是周妈，女儿和准女婿都走了好几天了，嘴巴还是乐得合不拢。

　　在周可儿和苏言认识的第二百天纪念日这天晚上，苏言在他们相遇的那家餐厅订了一个位置。这个纪念日他们过得很开心。苏言说："想想周大美女要成为我媳妇儿了，我就好激动啊！""原来结婚这么不简单啊，还有好多东西没置办，好多用钱的地方呢！"周可儿发现结婚根本没有想象中的那么简单。苏言在一旁欲言又止，很纠结的样子，这些周可儿都看在了眼里，她问："你怎么了？感觉你不大对劲啊。"苏言看了看可儿，说："可儿，我有件事想跟你说，但又怕你不同意。""你说啊，笨蛋，我们都要结婚了，有什么事咱们可以商量的！"周可儿笑着跟他说。苏言喝了一杯水，然后拉着可儿的手，跟她说："是这样的，我有一个老同学，他在做一笔生意，急需用钱。两个月前，我们同学聚会，他说如果把钱借给他的话，到时候他会加倍还的，当然加倍是夸张了，但绝不会亏待我们这些老同学。我有几个同学都把钱借给他了，其中一个借了他二十万，还给他二十三万，我也看着眼馋了，不费力，就挣了三万块钱。我想，要不我们也试试？如果他赚了，我们就能赚一笔，他要是赔了，大不了就是把原来的钱再还给我们，我们也不吃亏呀！"

　　"可是我们又没有那么多钱借给他，我们除去买房子用的钱，也就只有五万块的积蓄啊，就这五万，我们还要买家具，办婚礼呢，这还不够呢！"周可儿觉得心里没底儿。

　　"我是这么想的，你不是在你们公司财务部工作嘛，咱们先借用十万，加上那五万，过不了多久，他就还上了，你再移花接木，把那十万还回去，这样谁也不知道，我们还能赚一笔！"苏言心里早就盘算好了，赶紧把他的计划告诉可儿。

　　"就算这样，你那个同学可靠吗？"周可儿还是不放心。

"这你就放一百个心吧，绝对可靠，我都有好几个同学借他了，一点风险都没有。"

听苏言这么说，周可儿有点动摇了。但这毕竟是大事，这可是挪用公款啊。周可儿说让她再想想，明天再给他答复。苏言有些失落。

一晚上，周可儿都没睡着，在床上翻来覆去，仿佛有黑白两色的两个小人，一个说："可儿，不能这么做，这可是犯法的，会毁了你的!"而黑色的在说："不要听他的，可儿，你这么做没人知道，到时候再把钱还回去，没人会发现的!"他们争来争去，谁说得也有理。

周可儿坐起来，掏出一个硬币，心里想，要是正面就不借，反面就借。

周可儿把硬币向上一抛，硬币在空中旋转，升腾，最后稳稳地落在周可儿的手心。她感觉自己的手心都渗出了汗，慢慢地伸开手，仿佛有一个世纪般漫长。

——反面。

第二天，周可儿就取出了十万块钱，一共十五万，交给了苏言，一再嘱咐他，她心里紧张极了。苏言说："你放心，不要担心了，不出二十天就会还回来了，保证咱俩赚一笔，到时候我就带你去旅游好不好?"周可儿笑了。

果然，第十七天的下午，苏言带着钱回来了，整整十七万。周可儿提着的心总算放下了。这十几天，她一直睡不好，躺着坐着都在想这件事，现在终于能睡个安稳觉了。

好几天，周可儿的嘴都合不拢，她渐渐觉得，也没什么了。

婚事还在准备着。

这天，苏言又跟周可儿提起了借钱的事。"这次我想多借些，收入也更多些，咱们也借过一次了，风险是零，就是时间问题。"这次周可儿爽快地答应了。

五十万。人总是贪心的。

一切都照常进行，婚期也快到了，周可儿和苏言很恩爱，每天苏言都会给周可儿当闹钟——打电话催她起床，晚上一起吃晚餐，总之，周可儿觉得挺幸福的，借钱的那种不安也渐渐淡了。

周末早上，周可儿一觉睡到八点。她醒来后，奇怪苏言为什么没叫她，她想，可能苏言忙吧。可是一整天，打电话不接，发短信不回，找苏言的朋友，他们都说不知道。

这一夜，周可儿又没睡着。她好像意识到什么了，开始感到不安。为了验证她的猜想，她没有报警，而是等了几天，苏言就像人间蒸发了一样，音讯全无……这就意味着，那挪用公司的五十万也打水漂了。

公安局里，周可儿来自首了。

案件查明白了，不出三天，苏言就被逮捕了。原来他利用人们的贪心来诈骗钱财，这已经不是第一次了。

周可儿因犯挪用公款罪判处有期徒刑两年，苏言犯诈骗罪判处有期徒刑八年。

周可儿，只因贪心，中了苏言自导自演的一出"美男计"，他们以身试法，最终自食恶果，葬送了自己的未来。

铁哥们

邴桂霞

王勇和胡浩是同班同学。

王勇条件好一些，穿着名牌运动鞋，吃饭总是打食堂里最贵的那种。胡浩却相反，虽然现在全国各地的经济条件都好了，可对他家来说是个意外：父亲常年瘫痪在床，80岁的奶奶常年吃药。全家就靠可怜的妈妈一人操持着几亩地过着入不敷出的日子。所以，在学校，胡浩穿的最差，吃的也最差：从不到食堂打饭，顶多是自己从家里带来的干馒头就水吃，因此，胡浩从来都是低头走路的。两人贫富差距太大，两人几乎不交往。

周五放学回家的路上，悲惨的一幕发生了：胡浩糊里糊涂地被一群地痞打翻在地，他们并没有停手的迹象。这时，人高马大的王勇出现了。王勇一人将这群地痞打翻在地，并警告他们："以后不许找胡浩的麻烦。"胡浩受宠若惊，感激涕零，发誓：今后做牛做马也要报答王勇的救命之恩。他们两人的关系也因此好起来。王勇常把自己不穿了的鞋裤给胡浩穿，还经常从食堂打来可口的饭菜给胡浩吃。胡浩总是就着眼泪将饭吃完。每到此时，王勇总是安慰他："没事，我们是铁哥们，理应如此。"而此时，胡浩总是心想：王勇就是我的再生父母，我一定要报答他。

两个月后的一个周末，王勇找到胡浩说有一批东西没地方放，想暂时寄放在他们家。胡浩二话不说，就把自己家闲置不用的南屋倒出来给王勇放东西。在这期间，有新东西被放进来，也有旧东西被带出去。

转眼暑假到了，王勇找到胡浩说，他有些活需要胡浩帮着照看，可以给他一些报酬。胡浩激动万分地说："钱不要，活肯定尽最大努力干好。"

开始王勇只是让他看着，并未让他参与。后来是在楼道看着人，并把卖不掉的所得之物带回他家的南屋。一周后，王勇开始培训胡浩开锁技术，并让他实践。隐隐的胡浩总觉得哪里不对劲，可是转念一想，为了铁哥们，即使上刀山，下火海，也在所不辞。想到这些，他心也坦然了许多，一切都是理所当然的。胆子也大了许多。

就在他们 N 次开锁之后，他们被捕了。

在看守所，胡浩认识到问题的严重性，痛哭流涕，后悔不已。后悔自己的愚昧无知、不懂法；后悔自己不讲原则的哥们义气……可为时已晚。

玩笑中的法律

李　娜

　　小林是一家企业的白领，工作后和妻子小静生活得美满幸福。

　　这一年，小静生下了一个可爱的男婴，全家人都高兴极了，从网上、超市买了一大堆的婴儿用品，双方父母也是整天往家里跑，每天来贺喜的人也是快挤破了他家的屋子。

　　"小林，瞧这小眼睛，和你长得都一样，贺喜贺喜。"

　　正说着呢，小林乡下的二舅刘义也来了，小林赶紧把二舅请到了屋里。

　　"二舅，你从乡下来回也不容易，中午留下来一起吃个饭吧，正好看看你大外孙。"

　　"好好好。"刘义抚着胡子乐呵呵地答应。

　　没一会儿，饭菜就端上来了。刘义因为高兴，便喝了很多酒，历经沧桑的脸上因酒精的作用一直从脸上红到了耳根。

　　"把大外孙抱过来，既然是个男孩，喝酒就应该从娃娃抓起，长大了才有出息。"

　　说完，刘义就给孩子喂了一小勺米酒。

　　等到小林反应过来时，孩子已经把小勺米酒咽下去了，他的心里十分恼火，但觉得长辈逗逗孩子也是常有的，便也没说什么。

　　送走了各位亲戚，小林回到屋里准备带孩子出去玩，却看到孩子的眼神呆呆的，不似平常那般精神，嘴边还一直流着口水。但小林夫妻也没把这放在心上，以为孩子只是太累了，便给孩子掖了掖被角，便关灯睡觉了。

　　第二天清晨，小静早早醒了，她昨天可总算是睡了个好觉，孩子没哭也没闹。她看了一眼孩子，顿时脸色大变，只见她那刚出生一个多月的宝宝嘴角抽搐且泛着白沫，气息十分微弱。

她边哭边使劲摇晃着正在睡觉的小林。

"儿子快不行了，快，快去医院。"

小林睁开眼睛，看到眼前的这一幕，他慌了神，立马开车把孩子送到了急诊病房。医生看了看孩子的情况，立即把孩子转到了手术室抢救。手术室外，小林夫妻双手抱头，暗暗流泪，他们坚信儿子一定能活下来。

时间一秒一秒地过去了，但当穿着白大褂的医生走出来时，医生的一番话，让小林夫妻犹如当头一棒。

"你应该知道，酒精的消化分解是需要肝功能的，但儿童的内脏器官均未发育完善，因此对于酒精是没有良好的代谢能力的。所以……"

"所以什么？"小林担心得几乎要疯了。

医生拍了拍小林的肩膀："哎，节哀吧，他……"

还没等医生说完，小林夫妻发疯一般地冲进了病房，望着白床单下的儿子，他们抱头痛哭，他们的心碎了。

又过了一天，小林把二舅刘义告上了法庭，经过了一系列的审判，法官一锤定音，判定刘义赔偿小林 26 万元人民币。

法院判完后，刘义拿着法院的判决书，颤颤巍巍地走到小林面前。

"大外甥，我这辈子也拿不出这么些钱赔你啊，你让我怎么活呀！"

小林抢过法院的判决书，一把扔到了火堆里，对刘义严肃地说道："其实，我只是想让你知道一条人命的价值，要知道，让未成年的孩子喝酒不只是玩笑，中国式逗小孩的恶习，必须纠正！"

气功大师是这样练成的

卢子言

少年时代

孙文洞六岁那年，患了一场大病，他父亲请来一位"黄云道士"为他作法治病。谁知一来二去，不见起色，他的病情反而加重，卧床不起。黄云道士眼见他病入膏肓，自知无力回天，骗光了他几乎所有的积蓄后一去不返。

他母亲因过度伤心撒手而去，好在孙文洞命不该绝，静养一段时间后，竟逃过一劫，奇迹般地大病痊愈。小学，中学，孙文洞不知不觉中长大了。当他临近高中毕业那年，父亲因吸烟又患上了肺癌，一病不起，尽管心中有万般不舍和牵挂，但还是到天上找他母亲相聚去了。

雄心壮志

孙文洞为了不让死去的父母亲失望，找了份工作，起早贪黑不要命地干活，好不容易攒了点钱，又东挪西凑，连取带借，便开了一个小化工厂。因孙文洞经营有方，工厂生意日渐红火，孙文洞准备扩大生产规模，然而天有不测风云，一个职工在易燃易爆的厂区丢了一个烟头，引起了熊熊大火，所幸没有人员伤亡，但近几年辛苦经营的心血也付之东流，为此还欠了一屁股债。

气功大师

灾后，孙文洞心灰意冷，感慨万千，从此一蹶不振。孙文洞想到幼年时期的一个人，心想也许只有这样才能咸鱼翻身。

一年之后，一个号称"白云大师"的气功大师出现在这座城市里。街头一角，他现场表演，只见他集中意念发功时，手上便冒出一缕缕白烟。

围观的众人暗暗称奇，就在心里还有些疑惑时，有三个人挤上来，口口声声道谢。有个人声称大师治好了他八年的偏瘫，如今健步如飞与常人无异云云等。这时，围观的众人都认为"白云大师"有神功，纷纷来找他治病。

幕后真相

傍晚时分，"白云大师"的宅中出现了如下一幕：只见，那天街头出现的三人中的一人对大师说："孙文洞，用白磷来发出缕缕白烟的办法，你算是学会了。以后就看你自己的了，我和你的师兄师弟要走了。""白云大师"连忙说："多谢师傅栽培和成全！"

那三个人趁着夜色走后，"白云大师"小心翼翼地密封好一包"激素灵"，准备好手套、辣椒素等道具，自言自语道："以后，我可就要大展身手了。"

谋财害命

"白云大师"对一个病重发烧却又冻得瑟瑟发抖的人说："你只要先喝下我的"神水"（实际上掺了退烧的激素灵），然后我对着你发功，绝对包好！"

紧接着，"白云大师"又说："我的功力太大，怕伤着你，所以要戴上手套。"说完，他在自己掌心中吐了口唾沫（偷偷抹上辣椒素），迅速拍在病人脖子上，退后蹲起马步，双臂前伸，用两食指遥点过去……

病人突然感觉脖子一阵火辣辣地热，以为真是大师的功力到了，心情接着也舒畅了。第二天，由于喝了退烧的神水，病人竟然好了。病人千恩万谢地给大师包了三千元的红包，大师心中暗喜，毫不犹豫地揣到了腰里，接着溜之大吉……

某天，一个老头请"白云大师"帮忙："我老伴的病老是不好，有劳大师给治一治。""白云大师"取出一包药面儿（其实是淀粉加白糖做成的），说："吃这药要是三天不见好，就是阎王要来取她的命，我功力再高也救不了她了。"

两天之后，老头灰心丧气地来找他，说老伴越来越重了，"白云大师"怕露馅，又把一包掺了安眠药的药面交给老头，说："这是最好的神药了，要是再不见效，那就是天意了。"

法网恢恢

终于有一天，"白云大师"不显灵了，受骗的人们报了警。警察对他发布了通缉令，他惶惶不可终日，吓得到处东躲西藏。

但善恶终有报，在一家旅馆的地下室里，警察抓住了饿得三天没吃饭的"白云大师"，他饿得浑身无力，两眼发呆。大街小巷，人们在奔走相告，那个骗子气功大师被抓住了。

尾声

在监狱里，"白云大师"看到了一个面熟的人，那不是"黄云道士"吗，那不是师傅吗？

再看看四周，缩在角落里，无精打采的那两个，那不是"红云"师兄，"紫云"师弟吗？

不翼而飞的钻石

人内心深处的贪婪才是最致命的。——题记

王浩宇

今天是世界著名的钻石收藏家伯努克里奥藏品展览的第四天，可今天并不像前几天一样人来人往，游客成群，而是警车环绕，四周拉起了警戒线。因为，展品中最昂贵的碎蓝星钻在眼皮底下被掉了包。上面下达了三天之内破案的指令，无奈之下，警局请出了局内的破案高手陈警官来调查。陈警官听完案件的叙述后生了极大的兴趣，当下便驱车赶往事发地点——Z 市展览中心。

陈警官调出了当天的监控录像，并没有什么可疑人物。观赏者们拍照的拍照，合影的合影。陈警官又查看了被盗现场，展柜的侧面开了一个口子，钻石就是从这里被调了包。陈警官反复查看着录像。他旁边的助手小刘突然指着画面中的一名女子说："这不是我家旁边表演杂耍的人嘛！她怎么会来看展品？"陈警官顺着小刘的指示仔细一看，这名长裙女子站在展柜前面看了一会儿便转身离去，过了半小时左右，长裙女子再次出现在视野中，这次她站在展柜的一侧，足足有十分钟。陈警官惊异地发现女子所站的位置不仅挡住了钻石，而且与被开洞口的位置处于同一侧。长裙女子立刻被列为嫌疑人，但是令人奇怪的是，女子的双手自始至终都环于胸前，无论如何也无法作案。刚得到的线索又断了，陈警官陷入了苦恼之中。

就在此时，一名声称在展厅里遇见怪事的男子找到陈警官，陈警官只好放下思绪，接待了男子。男子说他离开展厅坐电梯下楼的时候，一脚刚踩进电梯，电梯便发出了超载警告，男子只好退出来，退出来的时候他向里面一望，一共有九个人，可电梯的实载人数是十人。小刘说："说不定电梯里面有的人特别胖呢！""不是的，里面的人大多偏瘦，不可能一个人顶两个人的体重。"

男子反驳道。陈警官忽然问道："电梯里面有没有一个长裙女人？"男子回忆了一下，"对，是有一个长裙女人。"陈警官一拍脑袋，高兴地大叫："有了！小刘，赶紧带我去她们表演杂技的地方！"

当陈警官来到小刘家旁边的天桥下面时，录像中的长裙女子已经换了一身装束，与一名只有一米左右的男人表演杂技，矮个男子扭动着短小的四肢，做出一些令人捧腹的动作，引得四周叫好声连连。"那个男人是个侏儒，是那女人的老公。男人挺老实的，就是这个女人太爱慕虚荣了。"小刘向陈警官解释着。陈警官又回到了展览中心，观看了前三天的录像，他发现长裙女子每天都会来展厅一趟，而且只到展览着碎蓝星钻的展柜前观看。陈警官眯着眼睛想了一会儿，说道："让局里下逮捕令吧，盗贼找到了。"小刘虽然疑惑陈警官为什么会说找到盗贼了，但还是向警局报告了。

当长裙女子和她的侏儒男人被押到警局的时候，女子一直在大声喊冤，而男人只是默默地跟在女人后面。在审讯室中，陈警官问女子，"为什么要偷钻石？""我没偷，我们老老实实地谋生怎么会偷东西？"女子反驳道。陈警官将监控录像给女子放了一遍，女子再次辩解："天底下有哪个女人不喜欢钻石，我多看几次怎么了，你也看到了，我的手一直抱着，怎么可能作案。警官，抓人你得有证据啊！""正因为你太爱钻石了，所以才会动了偷盗的想法。你离开的那半个小时想必是回家拿工具吧！这一点，你的邻居应该可以告诉我答案。"女子刚想说话，陈警官又说："本来你的计划是天衣无缝的，让你老公凭借个子矮小的特点钻进你裙子里，你站在展柜一侧挡住摄像头，你老公就可以神不知鬼不觉地来一出狸猫换太子。可是，你忽略了一件事，在你们坐上电梯撤的时候，电梯却出卖了你们，本来搭载十个人的电梯里只有九个人，那么第十人不正是躲在你裙子底下的老公吗？"女子被说得哑口无言。

小刘一脸兴奋地冲进审讯室，"陈警官，你太牛了，我们在他们家中搜出了大量的珠宝，里面果然就有碎蓝星钻，看来他们作案并非一次啊。"陈警官微笑道："家境贫寒，身体有缺陷这都不是诱发你们作案的原因，归根结底，还是你们内心深处的贪婪才会使你们走到这一步。知法犯法，你们会受到法律的制裁的。"女子听完陈警官的话，瘫倒在椅子上。而她的侏儒老公却仿佛解开了一桩心事！

夺命烧肉店

王卓超

　　1983 年的春天格外妩媚动人，因为改革开放的春风已吹遍祖国大地。罗二作为这个时代的新青年，踌躇满志，满怀激情。别看罗二人矮，长相不好，但他却有一个祖传的好本领，他的绝活就是做烧肉。罗二祖上几代都以卖烧肉为生，他家烧肉口味称第二，那么没人敢称第一。他父亲活着的时代禁止私营，罗记烧肉差点倒了招牌。他爸临终前嘱托他一定要把罗家的技艺延续下去，让罗记烧肉店再红火起来。所以罗二想趁机开一家具有地方特色的罗记烧肉店。

　　罗二特地挑了个喜庆的日子开张，没想到刚挂上鞭炮，隔壁就响起来了劈里啪啦的声音。近前一看，阿牛烧烤四个大字映入眼帘。罗二似乎想起了父亲的叮嘱："阿牛他爷爷曾经也开过烧烤店，但因口味不及咱家，很快便倒闭了。他们家非常想弄到我们的秘方，另外阿牛这个人心不正，你要多提防着他！"但罗二转念一想自己已经把秘方烂熟于心，记载秘方的纸早已被毁掉，还怕什么呢？于是安心地开张了。

　　两家烧烤店就这么紧紧地挨在一起，连灶台都只隔着一堵墙。一切都不出人所料，罗记烧烤店一开张便以美味抢占了大部分客源，阿牛烧烤却冷冷清清。日子就这么一天天地过去了，罗二每天忙忙碌碌，隔壁阿牛却没了动静。罗二奇怪阿牛怎么会如此不动声色呢？还有一件奇怪的事就是罗二每天晚上都睡不踏实，晚上经常梦见自己家的墙被成千上万只老鼠凿得千疮百孔。罗二由于生意太红火，没顾得上去理这些事。直至发生了一件让他命运陡转的一件事。

　　一天早上，罗记烧烤店和往常一样开门营业，罗二发现今天的烧肉特别干，就像汤全漏了似的。还没经细想，烧肉已被哄抢一空，罗二赶紧忙着做下一锅，但没过多久，来的不是客人，而是一群警察。警察以涉嫌杀人的罪名将老罗抓了起来。原来，这天早上买烧肉的顾客吃过烧肉后都中剧毒而死。容不得辩解，老罗就被带到了警局。在审讯中，老罗说："不可能下毒害人，这其中肯定出了什么差错。"警察说："人证物证皆在，你还想狡辩！我们已经在你的店里的锅中提取到了剧毒化合物，并且隔壁阿牛证明他亲眼看见你往锅里下毒。他还说你和这镇上的人有矛盾，肯定是你想杀掉他们。"罗二脑子一片空白，他想这是怎么了，难道祖宗的基业就要这么毁了？难道自己也会死于非命。想到这里，他觉着愧对自己的父亲。忽然那个黑黝黝的灶台闪现在罗二的脑海里，他似乎明白了什么。

突然他对警察说："你们冤枉我了，请你们和我到店里去一趟，我为你们揭晓谜底。"刚到店里，罗二就让人把那个灶台拆了，一阵尘土飞扬，展现在人们眼前的是一个大大的洞口，直通阿牛烧烤。这时警察们全明白了，立即把阿牛抓了起来，在铁证的威慑下，阿牛说出了事情的真相。

原来，阿牛嫉恨罗二生意的红火却无法偷到秘方，于是就实施了自认为神不知鬼不觉的计划。他把墙壁打通，然后把罗二家盛烧肉的铁锅弄破一个小口，往其中注入剧毒化合物，想要借此把罗记烧烤店的招牌打倒，并把罗二也陷害进去。没想到聪明反被聪明误，这一切让机智的罗二察觉到了，一起重大的悬案就此告破，阿牛因故意杀人罪受到了法律的严惩。不久，罗二的烧烤店又恢复了往日的繁忙和红火，一切回归了正常。

30多年后，白发苍苍的罗二就当年案件接受记者采访时说道："害人之心不可有，防人之心不可无啊。"

法治下的人

台津杰

　　大约早晨七八点钟，江冲开着局长那辆被他抹得发亮的黑色别克，奔驰在诸琅市一条普通的路段上，脑子里还是一片糨糊，沉沉的转不动，任周围的广告牌树木走马灯似得掠过。前几天局长出差，他这个当司机的有了几天假，跟局长请示了一下，昨天开着车回了一趟老家。被灯红酒绿的俗气，朋友人脉的枷锁搞得疲倦的他想回家呼吸几下山风，饮一捧清泉，跟父亲唠唠，放松一下。父亲似是有心事，干了一辈子庄稼活的父亲不会掩饰自己的情绪，何况在江冲这个多年爬模滚打早已将察言观色变成本能的儿子面前。江冲也不问，因为他知道父亲一定会说。果然，晚饭后父亲拉住江冲谈了一宿。第二天，江冲怀着跟父亲一样的心事回市了。

　　江冲脑子昏沉，也不光因为心事，精力再旺盛的人，一宿没睡脑袋也有些熬不住，江冲现在像一台超负荷的机器，不想做任何别的，只想先回家美美睡一觉。离家还有两条街，席梦思的舒适，天鹅绒的柔软，都在他的幻想中浮现。祸事的降临如同致命的袭击，总是在人的精力最松懈的时候，在人的想入非非中。突然，江冲前方路上出现一位白褂灰黑色裤子的老人，黑色别克与白褂老人间的距离已不足以停住。到底是给局长开车的司机，确有过人之处，说时迟那时快，江冲猛踩刹车，强转方向盘，只听见黑色别克紧急刹车的刺耳响声，路面上留下几道黑色的弧形痕迹。老人倒在黑色弧形外。江冲昏睡的大脑也因这，一个激灵清醒过来。

　　看着倒下的老人，江冲没有立刻下车，他不知道自己的补救措施是否获得成效。江冲不是什么坚强果断的强者，也不是什么悲天悯人的圣人，他就一给局长开车的小司机。所以他此时茫然无措，思绪万千。他怀疑老人是碰瓷的，不禁对这群欺骗法律耳目，污染社会同情的人升起了愤恨。但他也害怕真的撞到了老人，万一老人有个三长两短，他的工作与积蓄全部完蛋。他也想不顾一切地逃离，逃离那躺着的老人，逃离由此带来的麻烦。他懦弱，恐惧，不知所措。但对法律的畏惧与内心深处的良知与关怀还是占了上风。在万般念头冒出后，他打开车门，快步绕过车尾走向老人，此时周围已围着一些好事的群众，我们不得不佩服中国人的围观心理，在这样匆忙的上班时刻，还有闲情逸致来"观赏"事故。当然也有几个人想扶起老人，但又似乎想起了什么，或在同伴的示意下缩回了手去。

江冲走向老人时，老人已经坐了起来，脸上显出惊魂未定的神色，一手放在地上支撑着还颇显硬朗的身体，另一只手轻敲后背，嘴里嘟囔着："老了，不行了，被阵风吓倒了。"看到老人不像被撞倒的样子，江冲心中一喜，那充满他脑海的烦恼烟雾顿时消散，步子也轻盈了起来。他过去扶起老人问道："老先生，怎么样，刚才没撞到你吧？"此时他才看清，老人头发与胡子略显灰白，鼻梁坚挺，戴着一副金丝老花镜，双眼不大，但显得有神彩。被扶起的老人摆了摆手，说道："我没有事，就是人老了手脚不像以前，没站稳跌倒了。"不是很多皱纹的脸上由惊吓所致的苍白渐渐恢复红润。听到确切的回答，江冲心里的石头落了地。于是，客套问候几句后，江冲驾车离开了。

本以为事情就这么过去了，谁料一天后，江冲接到了一个电话，对方告诉他他昨天撞到的老人住进了医院。

挂了电话，江冲勉强平静的脑海轰的一下炸开了，父亲说的事还没有处理，又出了新的状况，那老人不是说没事吗！怎么又住了院，江冲有些想不通。

当天下午，江冲便请假赶往了人民医院。天已入夏，浓密的树荫驱散不了江冲的烦闷。到前台问了一下，江冲找到老人的房间，在病床上安静地躺着看向窗外的老人随着敲门声转过头，看到是江冲，"你怎么来了？"

江冲一愣，随后露出冷酷的神色，"不是您告诉医生，让他们找的我吗？"江冲带有讽刺地说道。

"我没有这么说！"

江冲见老人不是伪装的姿态，心里也疑惑起来。这时，进来一个护士。

来人是周护士，那天出车祸时，她正好跟同事休假，看到老人被车刮倒，热心肠的她本来想扶老人起来，但被同事拉住了。看到老人否认被撞倒，在疑惑的同时也有一点莫名的尊敬。后来看到老人住院，便自作主张想为这位可敬的老人讨一个交待。她的同事也曾经劝过她不要多管闲事，说那辆车看车牌就是某单位的车，周护士也知道，但经过激烈的思想斗争后，还是要坚持自己的做法。现在是法治社会，她想。

于是有了前面的一幕。

周护士进来看着江冲愤愤地说："是我把你叫来的，那天出车祸时，我在场，人家老先生装作没事，不想麻烦你，你倒好，来了以后什么态度！"听到护士的话，得知真相的江冲脑袋有些转不过弯，但下一刻便感动了。他为自己多心的疑虑与无名的猜忌深深羞愧，他不知说什么，只是朝着老人，向着高贵的灵魂鞠了一躬。

老先生听到护士的话，有些哭笑不得，他先对护士道了声谢，后又对鞠着躬的江冲说："小伙子，你也不用多谢，我也不全为你，我想为我们老年人碰瓷现象的改善做一些努力。我的一些同龄人，在这件事情上确实做得不好。法治的一些缺陷更需要用道德来弥补啊！不说这个了，说起来，我不是本地人，我来这也是为了了却一个心愿，"文革"那会，我被下放到大杨湾，你们知道，那个时期的知识分子的前途是绝望的，谁也不知道什么时候是生是死，我当时把孩子托付给了大杨湾的一个江姓人家……"

"什么——"江冲大叫一声，把老人和周护士吓了一跳，他想起了回老家的那晚父亲包含着复杂感情对他说的话，"儿呀，你不是你娘亲生的啊，你的亲生父亲这几天就要来看你。"

他蓦地跪下，向着那个无论亲情还是道德都值得他一跪老人，大喊一声"爹！"。

囚　徒

马　宁

一

　　牢房的门缓缓打开了，昏暗的灯光下映出一张蜡黄的脸。他低着头，迈着沉沉的脚步走入另一个房间，看到对面隔音墙出现的那张饱经风霜、陌生而又熟悉的面孔，他戴着手铐的双手不由得剧烈地战栗起来。当所有的权力与利益都化为乌有，只有老母仍以温和慈祥的眼神看着他，一种世态沧桑的失落之情油然而生，他经不住思潮的澎湃和回忆的激荡，扑通一声跪在了老母面前……

二

　　十几年前，他大学刚毕业到政府任职，分管有关企业发展的部分工作。当时市里的几家大企业都不景气，为此他耗费一个多月的时间深入企业内部调研，结合当前国内经济发展的背景，连夜拟制了一份有关振兴企业的建议书。第二天上午，他信心十足地敲响了市长办公室的门。

　　"请进！"进门后，市长仔细打量着眼前的这个陌生的小伙子，满脸都是疑问。

　　"市长，我写了一份东西，请您看看。"他小心翼翼地从公文包里取出建议书递给了市长，并侃侃谈论他对眼下市场经济形势的分析。

　　市长阅毕，脸色由惊诧转为欣喜，对他的建议大家赞赏，马上组织专家论证，广泛听取各方意见，很快便付诸实施，企业发展步入新的轨道。

　　此后，他步步高升，后来升任局长，分管经济类的工作，对此，他春风得意。

三

任职后不久，他到一家大企业视察，企业领导力邀他参加一个晚宴。他本来不喜欢喝酒，可是宴会上的人一个个向他敬酒，他直喝得迷迷糊糊、昏昏沉沉。

席间，一个企业负责人递给他一份申请，说："企业目前的发展势头很好，亟需扩大规模，需要占用部分耕地，我们会高价赔偿，只是还得请您批准。"说完，又敬了他一大杯。

"好说好说，我回去给大家张罗。"他连想都没想就随口答应了。

又是一阵觥筹交错、杯匙碰撞，宴会好像才开始进入高潮，纵然酒已喝了大半。

他跌跌撞撞地被人扶上了汽车，回到家一觉睡到日上三竿，他急急忙忙整理公文包正要赶去上班，却忽然发现里面赫然摆着两沓人民币，他先是一惊，继而嘴角露出一丝微笑，似乎明白了什么。

四

从那以后，一发不可收拾。

直到有一天，一个办厂子的朋友拿着一份合同找到他，开口就问："干还是不干？我们需要你的政策支持，只要有了投资，企业一定会一帆风顺，给你的分红绝对少不了。"

他有些犹豫，在屋子里踱来踱去，烟吸了一根又一根。他不得不考虑后果，可是一想到那一摞摞唾手可得的现钞，他不由得心动了："干！"他在合同上签上了潦草的名字。

起初，这家企业还运转得不错，后来涉嫌非法经营，相关责任人被警方逮捕，他自然也难逃法网。组织上对他进行了彻底的调查，贪腐罪行全部曝光，他完了。

五

扑簌簌的眼泪流个不停，却洗刷不尽心中的悔恨和耻辱。他回想起自己曾经的抱负与勤勉，以及如何一步步走上贪腐的不归路，从昔日的正直官员一步步沦为阶下囚，是个人品德的遗失还是法治的漏洞？他欲言又止，面对着鬓发如银的老母，唯有哽咽……

逃　跑

李欣颖

　　她逃跑了。站在拥挤的车厢里，她表面沉着，内心汹涌。她是一家公司的副经理，每天辛辛苦苦地工作，从未出现偏差，经理说对她放心，就让她一起管理公司账务大事。可那天，她来上班，公司大门前停着几辆警车，她走上前问一个旁观者发生了什么事，得知：公司资金出现了大额丢失，警方已经介入调查。这时，人群又出现了一阵骚动，她隔着厚厚的人墙，看到经理站在门口，对着人群说道："本公司现在出了这么大的事，都怪我对副经理太过信任，警方已调查清楚……"突然她就明白了，那信任是经理早就设好的陷阱，现在她有口难辨，只怕要被冤枉了。怎么办？跑！

　　车厢里人潮涌动，嘈杂的声音几乎要让她崩溃；查票的时候，她的心几乎就要跳出来了；恐惧几乎要把她淹没，她无比害怕被抓住，被冤枉。下车的时候，她才发现，她的双手在微微地发抖…接下来的日子像是在做噩梦，一点的风吹草动就会让她整夜整夜地睡不着；路边一家人欢快地走着，也会让她泪流满面；她恨经理的卑鄙，恨自己没有戒备；和着异乡的风，她独自品尝着恐惧与不安。直到那一天，警察敲开了她暂住地的门，在看到警察的一瞬，她想，是的，她逃不过…

　　可接下来她很震惊：经理已经被捉拿归案了。原来，警察早已知道了公司的亏空，知道了经理的勾当，且在调查中已经发现了蛛丝马迹，只是苦于没有证据，当经理一口咬定是她偷拿了公司钱物，并拿出了她管理的财务单，警方就想引蛇出洞，称相信了这个证据。本来想将她带回警局再对她说明，谁知她竟跑了……

　　在回城的警车上，她哭了，流了那么多的泪，好像要把这些日子的煎熬都哭出来。她错了，她为了不是自己犯的错逃跑，用不是自己犯的错来折磨自己。是的，她逃跑是因为害怕被冤枉被抓，但更深层的原因是，她不懂法，她不信法。法治社会，我们应该知法信法，才不会遭受逃跑的痛苦。

天网恢恢疏而不漏

刘心怡

　　李安终于坐上了科长的位子。他吐了口香烟，盯着桌上写有他名字的牌子，嘴角不自觉地扬了起来。谁也不知道他是怎样爬到了今天的位子，至少他自己是这样认为的。

　　"咚咚咚，"突如其来的敲门声把李安吓了一跳，他清了清嗓子说道："进来。"一个年轻男人进来了，"李科长，我叫夏云浩，是您的秘书。""嗯，"李安看着眼前这个年轻人觉得有些面熟，却想不起在哪见过，"你跟我说说最近公司的情况吧。""公司最近交易额有所增长……李安听着嘴角又扬了上去，就快跟上面的皱纹粘在一起了，他的心里打着自己的小算盘，想着怎么把那三十万弄回来。

　　对，就是因为三十万李安才当上了科长，不过他没有贿赂哪个高官，而是名正言顺地当上了这个科长。前科长因贪污被抓，而李安因为平时表现良好，又因为举报有功才当上了这个科长，一切看上去是那么顺其自然。"好了，你先出去吧。"李安抬起头说道。夏云浩转身朝门口走去，在门关上之前，李安感觉到了一束犀利的眼光正看着自己，他感到有些寒意，但一想到美好的未来，他的心情又顿时好了起来。

　　日子就这样平平淡淡地过了几天，李安挺享受当科长的生活，每天坐着专车上班，往办公室里那么一坐，一天的时光就打发完了。公司的人都对他很尊敬，甚至有些年轻女职员每次见到他都会小声讨论着，内容无非是他举报前科长的事情，这一切都让他很享受。只是有一个人让他觉得不自在，那个人就是他的秘书——夏云浩。因为只有他没有拍过李安的马屁，这让他觉得很不舒服，而且夏云浩的目光敏锐，总会让李安觉得他能看到自己心里的秘密。"可能是我最近太紧张了，其实没什么的。"李安想到这里，轻松的笑了。

　　"叮铃铃。"铃声突然响起，李安拿起手机一看，是一个匿名短信，上面写着："我已经知道了你的秘密，如果你不把真相公之于众，别怪我对你不客气。"李安心里一颤："这是怎么回事？难道有人知道了？这不可能，这绝对不可能。"李安烦躁地在屋里走来走去，心里盘算着该怎么办，不时用手帕擦拭着额头上的汗珠。"李科长，我是夏云浩。"门外的说话声打断了李安的思路。"进来！""科长，我想跟您汇报一下公司的账目情况。"夏云浩说道。李安心不在焉地听着夏云浩的回报，脸上表现出些许不耐烦，还有些慌张，这一切都让夏云浩看在眼里。"好了，你先出去吧。"李安没有发现夏云浩嘴角的笑意。李安这几天心神不宁，他已经连续三天收到了恐吓短信。"科长，今天晚上王总请您吃饭，在鹭江饭店。"夏云浩去办公室说道。"嗯，知道了。"晚上，鹭江饭店里一片热闹，李安被这气氛感染了，逐渐忘记了恐吓短信的事情，他喝了不少酒，散席时已经醉得像滩烂泥。"小夏，快把我，把我送回去。"夏云浩载着李安向日华小区奔去。

　　夏云浩扶着醉醺醺的李安上了楼，把他拖到了床上。夏云浩打量起这个不足一百平方米的房子，他看了一眼床上的李安，迅速拉开抽屉，着急地找着什么。一个红色的存折引起了他的注意，他打开看了几眼，一个醒目的数字跳入了他的视线："三十万，10月4日，这不正是……""小夏，小夏，快，倒点水给我喝。"李安突然说道，夏云浩吓了一跳，手中的存折险些掉落在地。夏云浩把水递给李安，趁机问道："科长，听说是你抓住了前科长贪污的证据。"李安听到这儿，打了个饱嗝，张了张嘴："对，对，三，三十万呢。""可我听说前科长是个挺清廉的人，怎么会贪污呢？"夏云浩接着问道。"嘿嘿"，李安笑了笑，这笑声在黑夜里显得有些阴森，"我跟你说啊，别人抓不到他的把柄，但我可以。"夏云浩按了下手机，装作好奇地问道："是怎么办到的？""过来，我告诉你。"夏云浩靠近了李安，"我把三十万藏到了他的办公室，趁检查的人来时就拿出来给他们看。""那这三十万是你的么？"夏云浩小心翼翼地问道。"当然了，那可是我攒了好些年的积蓄，还真是心疼，不过想想现在当了科长，以后的好日子长着呢，也就没什么了，嘿嘿。"听完这些夏云浩就离开了李安的家。

　　第二天一早，一阵门铃声吵醒了还在熟睡的李安。"谁啊？这么早！"李安嘟囔了一声，揉了揉睡眼朝门口走去。"我们是公安局的，现在怀疑你跟一起欺诈案有关，请跟我们走一趟。"李安顿时睡意全无，他不知道到底发生了什么，只好跟着他们去了公安局。李安听到手机录音里他承认是自己把三十万事先藏在办公室的话时，还不知道为什么这个秘密会被人录下来。他仔细回忆着昨晚发生的事情：我喝醉了，是夏云浩把我送回来的，然后，是夏云浩，是他录的音。唉，我太大意了。在证据面前，李安只好承认了自己策划的这一切。在离开公安局时，李安看见了站在门口的夏云浩和夏刚，"夏云浩，夏刚……我想起来了，这个夏云浩就是夏刚桌子上照片里的人，原来，他一早就怀疑我了。"李安希望这一切都只是一场梦，然而，他最终还是无法逃脱法律的制裁。

"哥，你的冤情终于洗清了。""嗯，多亏了你啊，小浩！走，我们回家庆祝去。"夏家两兄弟的背影在黄昏中逐渐模糊……

月正明

李斯璞

秋天里，月越来越圆而明亮。

郑执常被人称作"妻管严"，也难怪，近四十的男人成天安坐在国企的格子间里搞设计研发，技能经验上数一数二，同事当中能力不如他却会搞关系的人都升了职，唯独他像立志要把格子间坐穿似的，从小郑成了老郑，还笑呵呵地欢送同事升职。这脾性，也难怪"妻管严"。说起郑执的妻子史敏，也算是个风云人物，大字不识几个的农村妇女，就凭一张巧嘴和一个机灵的脑袋瓜，硬是在寸土寸金的市中心打拼出一爿店面，上下打点得服服帖帖，寻事的混混也只好打个哈哈绕道走。夫妇俩有个儿子，叫郑逸。九岁的小男孩生得虎头虎脑，像极了他爸爸，这可愁坏了当妈的，每天连轴转地在店里盘算：得让老郑请领导吃个饭，快中秋了该去探望一下小郑的老师……回家刚张开嘴，爷俩看情形不对，立马脚底抹油，齐齐地将头埋入书报中神游，史敏咬牙切齿，也只好作罢。

可最近，老郑藏不住了。

史敏只有一个弟弟史忠，文化不高但为人忠厚，留在村里照顾父母，平日里开个五征给工地拉沙子。平日里史敏最放心史忠，可最近却坐卧难安。原来，那晚史忠给工地拉完沙子，把车停在了村口便回了家，车没停得太靠里，小半个车斗露在村口马路上。偏巧有个酒鬼骑了个摩托在路上飞驰，夜黑风高，一头撞在车斗上，人车飞出去十几米，当场毙命。当夜，呼啸的警车带走了史忠，家里一下子乱了套，史忠的妻子抱着孩子哭成了泪人，年老的父母直叹气，家里唯一走出了村庄的史敏就成了救命稻草。她多方打听，听说史忠受了很多罪，吃都吃不饱。这可心疼坏了姐姐，她急得六神无主，整日以泪洗面。几天后调查进行着，又传来消息说对方在交警队疏通好关系，硬把死者由

"醉酒驾车"改成了"酒后驾车"。评判的天平失去了平衡，史敏四处碰壁，作为家里的顶梁柱，郑执没法藏。

听说郑逸班里朵朵的爸爸是交警队大队长。晚上，郑执在沙发上呆坐了许久，两只手绞来搓去，盯着面前的两个鲜艳的礼品盒一声不吭。史敏出奇的安静，她不再催，也只是静坐着掉泪。郑执看了一眼表，双手撑膝猛地站了起来，一只手轻轻拍了拍史敏因抽噎而颤抖的肩，一只手拎起礼盒，带着郑逸，出了门。

秋天的夜，夜空高远得仿佛不可企及，一轮明月清辉流泻，月光下的一切棱角分明的有些扎眼，云，昏昏然遮了月的脸，有些暗了，郑执拉紧了郑逸的小手。小郑逸仰起脸来："爸爸，咱去朵朵家干啥呀？"郑执从不骗人，他更不想骗儿子："舅舅被警察叔叔抓起来了，咱去找朵朵爸爸帮忙。"小郑逸也不知听没听懂，自顾自地说："朵朵老在班里夸她爸爸厉害，每天都有人去她家里送东西，求她爸爸帮忙，她有好些玩具就是人家送的。"小郑逸低着头，声音越来越小，郑执停下脚步转头去看他，他又抬起小脑袋，"可老师上课跟我们说，要做一个正直的人，朵朵只有在抄我作业的时候才送糖吃，做正义的事不用求人，对吗？"他又嗫嚅着，"警察叔叔不是抓坏人的吗？"郑执沉默了，好一会儿，风起了，云开始走了，月光下郑执的眉头皱了又展，展了又皱，两个礼品盒的光黯淡了许多，也变得沉默。"警察叔叔会抓坏人的。"郑执对儿子，也对自己说。月亮重又澄明地挂在了夜空中，月亮的光辉那么皎洁清澈，路又亮了起来。老郑拉着小郑，"走，回家。"那礼盒被留在了路边，黯然无光。

后记："喂，你好，是 12345 市长热线吗？我想举报我市的交警队长收受贿赂篡改证据……"法是社会的脊梁，郑执最终还是做了一件正确的事，一切明明白白，月朗风清。

打虎之后

李洪轩　王宜津

　　话说武松景阳冈上遇斑斓猛虎，竭尽全力，了结虎命，惊惧之余颇为自豪，遂央人将虎尸抬回家中，众人赞叹不已。

　　阳谷县令忽令人将武松传至县衙，厉色疾言："汝擅杀国家保护动物，知罪否？"武松骇曰："猛虎伤人，吾乃正当防卫也！"县令怒斥："为何不生擒之畜养之？此罪一；虎皮虎血虎肉虎骨，乃国家财产，汝敢私藏家中，此罪二；擅自处置，不尊官府，藐视本县，此罪三也。"

　　武松大惊，想自己一介草莽，从不曾研究过本朝法律，听县令说得也在理，正不知所措，师爷悄然上前，附耳低言。武松听后，频频点头。遂再拜于县令，称愿将虎尸献于官府，听凭老爷处置。县令大喜，赞曰："汝不只威猛，亦有识之士也，宜重用之。"

　　次日，虎皮即铺设于县令坐椅之上，以壮县衙之威；县衙旁新开一药店——"家传虎皮膏虎骨酒"，由县令夫人亲任总经理，买者甚众；武松亦升任本县督头，上任第一件事，却是撰写《打虎报告》："在阳谷县衙的正确领导下……"

德　根

郑泽军

一进家门，德根一句话没说，欠身坐到炕沿上，左手掏出一包被压扁的卷烟，把烟盒倒过来，往右手掌一磕，几支卷烟的过滤嘴从烟盒中露出头来。

德根用嘴角叼出一根香烟，右手已摸出打火机，因为手抖得厉害，他连打了几次，火机"啪啪"响了几声，竟然只弹出几点火星，没有燃起火光。

这时，正在厨房中忙活的德根嫂推门进来。她忧愁地注视着德根，幽幽地问道："还是不给？"

"嗯！"德根黑着脸，沉闷地呜噜了一声。

"再有三天过年了！"德根嫂把"三天"两个字咬得很重，"年货还没买，爷的药也快吃完了，咱俩将就一下还行，可爷、娘、花花，总得添点新衣服吧？……我算了一下日子，不出十天就要生了，住院得好几千块呢？"德根嫂半是自言自语，半是对德根，絮絮叨叨地说着。

"可刘董硬说没有！"

"没有？他胡说八道！"德根嫂来了气，声音一下子抬高了许多，"我昨天亲眼见他儿子开着一辆新车，还没挂牌，听说一百多万！"

"嗯……哼……他娘！"德根恨恨地骂了一句脏话。

德根嫂第一次听德根说骂人的话，吃了一惊，看着德根因生气而铁青色的脸，知道他也不好受，转而说道："花花去他大姑家送豆腐，也该回来了。"说完，转身进了厨房。

厨房里响起掀动锅盖的声音。

德根这才点上烟，静静地坐着，下午去找刘董要工钱的情形，一幕幕在眼前呈现开来。

德根自己都记不清这是第几次找刘董讨自己的工钱了。当他怀着同样无望的心情，拖着沉重的双腿走到刘董的办公室门口，忽然听到屋内传来说话的声音。

只听一个老者带着责备的语气说着："人家给你辛辛苦苦干了一年，你就是借也得把人家的工钱发下去，何况你也不缺这俩钱！"

德根听出，说话的是刘董的二叔。

"叔，我真没钱！你不知道干点活有多难！为了讨货款，我蹿细了腿，也没要着几分！这不，我几乎连买年货的钱都拿不出来！"这是刘董，一副委屈的腔调。

"快算了吧！"刘董他二叔的嗓门一下子亮了起来，"这话你哄别人还可以，哄我？下辈子吧！没钱，小光（刘董儿子）的车是使气吹起来的？"

屋子里安静了一会儿，刘董又开口道："叔，你就别多管这些闲事了吧！"

"管闲事？我是为你好！你不把工钱发给人家，我看你过了年谁给你卖力！尤其是德根，他可是千里挑一的好手，别人挖都挖不着。如果他不干了，我看你向哪找这样的好帮手！"德根二叔重重地说道。

"二叔，你这就不懂了！我有数！只要不发给他工资，我就抓住了他们的牛鼻子！谁要不干，一分也别想要！……二叔，咱不说这个，来，再点上根！"屋子里传来点烟的声音。

不一会儿，又听刘董二叔道："我说不了你！不过，乡里乡亲的，几辈子在一起住，做人不能昧着良心！人家德根老实厚道，话不多说，活又好，又勤快，这样的好人我这辈子没见第二个。德根他爷今年长病花了不少，欠了一屁股饥荒。他老婆肚子也大了，看样子过不了几天就该生第二个了。你怎么也得给他点儿吧！要不他这年恐怕不好过！"

屋子里又一次安静下来。

听到这里，德根眼眶一热，鼻子一酸，眼泪几乎就要滚出来。他抬了抬头，让眼泪流进咽喉，咽到肚子里，一推门进了屋。然后，他蜷起右手食指，用指背轻轻敲了两下虚掩的房门，走了进去。

屋子里如春天般温暖，光棍子老迟天天把个暖气烧得滚烫。刘董跟他二叔都穿个毛衣，隔着宽大的大理石茶桌，缩在厚实的真皮沙发里抽着烟。想想自己家里靠煮水烧炕那点热量取暖，德根落寞地想："有钱人真会享福。"

"唉呀！说曹操曹操就到！德根，快坐！快坐！"刘董夸张地招呼道。

"我站站……站站就行！"德根嗫嚅着，一边叫了一声"二叔"，跟二叔打了个招呼。

"怎么了，德根？怎么这么不实在！"刘董不满地嚷道。

"坐吧，德根，坐我这儿！"二叔从双人沙发上挪开自己的羽绒服，用手指着空出的那半沙发说道。

德根这才感激地看了二叔一眼，斜签着身子坐下。

刘董打量着德根基本上一个冬天没换的一身行头：上身依然穿着一件稀疏的黑色毛衣，灰黄的秋衣从毛衣的领口上隐隐露出一绺边际，外套一件灰油油的棉袄；下身穿一条皱皱巴巴的深灰色裤子，脚蹬一双看不出颜色的运动鞋。

看着德根寒碜的穿着，刘董的眼里闪过一丝鄙夷，不由奚落道："德根，你看你穿的，这不是丢我的脸吗？虽说我这公司不大，在咱诸城地也小有名气，工人工资也算上三码的……"

屋子里真暖和，才一会儿工夫，德根就感到暖气直穿透衣裤温暖了他的肌肤，十分舒服。"德根，年都忙好了吧？"刘董笑道。

二叔转过脸去，用审视的眼光看着德根。

"还没……刘董，快过年了，很多地方要用钱，你看我今年的工资——"德根似乎不是在讨要本应属于自己的钱，而是在低声下气地在向别人借钱一样。

"切！"刘董把烟屁股按在硕大的烟灰缸里来回转了几下，余烬星星点点地熄灭，一缕残烟从烟灰缸中袅袅升起，又道，"德根！我对你说了不是一次两次了，不就是四万块钱吗？等最近一批货的货款一到帐，我立马把工资发给你们，一分少不下。我临时手头紧，你让我拿什么付给你？咱俩也不是一年的交情了，你这么点面子不给？"刘董的视线一直在烟灰缸里，脸上显出几分怒意。

沉默了好久，二叔划破了凝重的空气："我看还是先给德根点吧，德根是个实在人，如果不是万不得已，大过年的不会这么急着要！"

德根感激看了二叔一眼，又转眼观察刘董的反应。

"呵呵！呵呵……二叔您就是不说，德根来一趟，我能让他空着手回去？要不是手头紧，工资我早就发了！"

说着，刘董站起身，走到宽大的实木老板桌后，拉开抽屉，伸手摸索了一会儿，捏着一小叠一百的票子走回来，扔到德根面前的茶桌上，笑道："德根，这是一千，我就剩这些了！你先拿着，其余的年后我一定给你！"

德根感觉自己的头和身子猛然间膨胀起来，舌根处溢满了苦水，刘董的影子在眼前晃动，竟然看不清眉目。他的双手微微前伸，嘴大张着，踌躇着。

"小福子（刘董的乳名）！你真是饱汉子不知饿汉子饥，一千块钱能干点什么?"二叔突然间恼怒起来。

"哟——",刘董深深地吸了一口烟,冷冷地说道:"二叔,再多一百我也拿不出来了!要不你先给德根点,算我借你的,等货款一到帐,我立即打给你!"

二叔一把抓起自己的羽绒服,"腾"地站起来,怒道:"你这是人话?!"说完,一转身,推门而去。

德根这时已回过神来。他歉意地面对着刘董,道:"你看看,都怪我,让你们爷俩闹得不痛快!刘董,我走了。"说完,看都没看刘董扔过来的钱,转身出去。

"爸爸,吃饭了!"女儿响亮的喊声把德根从沉思中惊醒。饭菜已经准备好了。他洗了手,默默坐到桌子旁吃起来。

大年三十早上,德根正在贴对联,堂弟兴冲冲地走过来:"大哥,刘董让你去支钱!"

"支什么钱?"德根诧异道。

"你的工资啊,听说要全部发!"堂弟忽而压低声音道:"听说,你们公司里前村那些工人去市里告状来,市里今天派人来,正在你们公司里,逼着刘董把欠工人的工资全部发下去。"

"真的?"德根半信半疑道,"前村志东那些人找我签过名,说要联名到信访局上访,当时我还觉得官官相护,不管什么用。没想到市里真为咱老百姓出力啊!"

"是真的,对子我来贴,你快去支钱吧大哥!"堂弟从德根手里接过对联,催促道。

"那麻烦你了!"德根揉搓着手上的糨糊,高兴地去了。

刘董的公司内,已并排摆上了两张长桌,两个身穿制服的人坐在桌子两头,一个中年男人,一个年轻漂亮的女孩子。刘董和公司出纳员小王坐在中间,刘董正尴尬地笑着跟那位穿制服的中年男子说着话,小王面前摆着一个纸盒、一个账本。太阳亮得刺眼,但因昨夜刚下过一点小雪,空气赤裸裸地冷,那个穿制服的女孩子冻得又跺脚又搓手。其余的人大多是公司里的职工,三三两两地站着,粗俗而兴奋地开着玩笑。院子里还聚着一些看热闹的闲人,乐呵呵地,有的蹲着,有的站着,还有几个坐在花圃的矮墙上。几个孩子在互相追逐着打雪仗。

刘董见德根来了,咧着嗓门喊道:"德根,过来!过来!"

德根忙走近前,其他工人也围上来。

刘董指着德根向两个穿制服的人介绍道:"这是我公司的顶梁柱,郑德根！既是车间经理，又是技术员，是我的左膀右臂！"两个穿制服的人笑笑，向德根点了点头。介绍完，刘董朝德根埋怨道，"德根，我说一有钱就发给你们，一分也少不下，你看你，你怎么也跟着他们瞎起哄（指德根签名的事）……"两个穿制服的人只是笑。

刘董不三不四地嚷嚷了一通，向人群扫视了一会儿，问道："都到齐了吧？"

人群里有人回应道："都来了，刘董，快发吧，我还等着这钱割肉哪。"说完，这人哈哈笑起来，人们也跟着笑。

"那好！"刘董向那个穿制服的中年男人请示道，"陈队长，你看——"

"既然人都齐了，那就开始吧！"陈队长站起来，大声道，"老少爷们，我是劳动监察大队的陈建国，这位是我们队的李丽丽同志。受领导的委托，我们俩今天特地来帮刘董把大家的工资发下去。"说着，陈队长意味深长地看了刘董一眼，刘董尴尬地笑了笑，羞愧地低下头去。陈队长接着道，"天怪冷的，我就不多罗嗦了，现在开始发！"说完，陈队长向出纳员小王点了点头，然后坐下去。

小王迫不及待地喊道："郑德根，四万两千五百陆拾元。"

德根领到钱，数好了，小心翼翼地装满几个口袋，喜气洋洋就要回家，他想赶紧让年迈的父母、辛苦的妻子看看，让他们高兴高兴啊。

这时，刘董拍了拍德根的肩膀道："德根，初六就开工哈，一个大公司等着要货！这活得干两三个月呢。"

德根一愣，道："再说吧，刘董！"

"咋，德根，工资又少不下你的，活不能耽误了哈……"刘董不满地嘟嚷着。

"好！好！"德根一边答应着，一边向人群外面挤着，这时，他听到人群里有人忿忿地骂道："狗日的，给谁干也不给他干了！"又有一个人道："我宁可挣别人一千，也不挣这龟孙子三千！"

很显然，这些话，既说给工友们听，更是说给刘董听的。只见刘董的脸色，突然间变得很苍白，很难看……

绝　路

丁　子

　　杨猛五十岁，在一个建筑工地看门，三班倒，日子过得也还算滋润。更让他惬意的是可以借看守工地之便捡些建筑下脚料，像钢筋头、钉子、塑料袋、塑料管等等，拿到废品收购站去卖，一月下来，竟然比他正常工资还多。欲壑难填，尝到了甜头的他越来越大胆，在捡废品的同时，趁人不备，顺手牵羊把好材料弄去，也当废品去卖，那收入可就多了去了……

　　不久，他花3千元从朋友那里买了一辆黑色的二手萨普小皮卡，淘汰了他那辆锈迹斑斑的脚踏三轮。有了运输工具，倒腾"废品"自然就方便多了。临到值班，他总是提前早去，一副兢兢业业、以工地为家的姿态，其实是醉翁之意不在酒。被蒙在鼓里的领导看到他起早贪黑地忙活，很受感动，树他为勤劳的标兵，多次夸奖，教育其他人向他学习。了解内情的人暗自好笑：都像他那样，这工地早夸了……

　　农历九月二十七这天，他不到五点他就起了床，准备提前到工地上去捞一把。此时，空中雾蒙蒙的，虽然路灯还没有灭，却是能见度极差，三四米之外就看不清事物。他一边开着车，一边想今天有雾，更有利隐蔽自己倒腾废品。他早已看好了，工地的西南角那堆塑料管很是值钱，一次弄个百儿八十斤的根本看不出少来。他暗自琢磨着，不觉加大了油门……

　　突然，只听"哐——"的一声，他的车冷不防撞在前面一辆正常行驶的电动三轮车的车斗上。电动三轮车一下子被撞出十几米后翻到在地。女司机被甩出驾驶座五六米远，当场不省人事。

　　正沉浸在发财梦里的杨猛对刚刚发生的事还丈二和尚摸不着头脑。他只感觉车头猛然颤抖一下就偏离了轨道，不听使唤地往路边斜冲，还以为有人撞了自己的车。他赶紧脚踩刹车，猛打方向盘，好容易把车停住，才没有翻到路沟里去。他的第一反应就是赶紧逮住撞他的人，不能让他跑了。至少让这瞎眼驴陪个万儿八千的。他嘴里骂着：谁他妈的瞎眼了，怎么开的车？

他敞开车门下了车，首先看到自己的车头瘪了进去。车牌歪斜着挂在凹凸不平的车头上，差点就没掉下来。他火气更大，张开嘴刚要开骂，却吓出了一身冷汗。前方雾霾中，一辆电动三轮车侧翻在地。再一看，离三轮车不远处，影影绰绰的有一个人躺在地上一动不动。这是自己撞了人家！这下麻烦大了！此人要是死了，自己赔偿费用不说，弄不好还要坐牢；要是不死，成了残废，就是一个无底洞。周围仍是雾霭笼罩，偶尔有车辆经过，要是不靠近看，根本不知道这里发生了什么。他想：趁此人没有反应，又没有目击者，赶紧离开这是非之地方为上策。他也不去查看伤者是男是女，伤情如何，爬上车去，加大油门，逃逸而去。

他开着车，偏离了上工地的路线，一路狂奔。本乡本土的，他熟悉道路，专找没有摄像头的地方跑。一边跑，脑子一边转悠着：怎么办？如今撞死了人，可不是个小事情。常言说：要想人不知，除非己莫为。躲过了初一躲不过十五，早晚会有露馅的那一天。警察破案都是根据蛛丝马迹进行调查。雾霭掩盖了肇事事实，可是车撞成这样，自己又不会修，只有到修理厂去。如何能瞒哄过警察的追查？最好的办法就是掐断公安破案的线索。将车暂时藏匿起来？不行。毁掉，让它永远消失？他又有些不舍。这辆车买来才开了没多少日子，还没有为自己出过多少力。罢罢罢，旧的不去，新的不来，破财免灾。

凡事宜早不宜迟，主意打定，赶紧行动。他将车开到一个加油站附近，找个不易被人注意的地方停下，从车后备箱拿出一个十公升的塑料桶，到加油站加了满满一桶汽油，拎了回来继续开车前行。到了一片小树林附近，他感觉这个地方平日里人迹罕至，是销毁证据的最佳地点。趁大雾没有散，赶紧做。他就将车开到林子里面停下，把汽油桶拎出车，打开桶盖，将汽油往车上浇。因为做贼心虚，慌慌张张，汽油星子溅到他身上鞋上不少。正操作着，突然，脚下被一根树枝子一绊，他一个趔趄坐在了地上，手中的汽油桶也扔在了地上，汽油从桶口流出，淌到他的屁股底……

他从地上爬起来，看看汽油桶已经空了，这才拿出打火机。"嗤——"的一声，火机打着火，他紧扔慢扔，火机还没触到车，火势就腾地蔓延开来。顿时，树林里火光冲天。此刻，空气里汽油的分子密度非常的大，车上车下，树上树下，一片火海。他的全身也着了火，尤其是屁股上浸泡了汽油，整个人就被火包围了。他趴在地上滚了几滚，张口呼喊，可连呼吸道也满是汽油味，那火竟然往嘴里窜……

火光吸引了过路的人。有人报了警，119 和 110 几乎同时赶到了。然后救人救火一番忙活自不必说。他当场被烧得面目全非，奄奄一息，被送往医院不久，就停止了呼吸。

被他撞伤的三轮车女司机叫蒋英，四十岁。她一大早去集市贩菜卖。因为雾大，所以十分小心。事故发生后，她被甩到路面上，跌断了三根肋骨，颅骨也严重受伤，重度脑震荡，所以当场昏过去。杨猛的肇事车辆刚走，幸好就有车辆经过这里。司机发现情况，停车查看，发现伤者还有呼吸，二话不说，赶紧将她送往医院。因为抢救及时，蒋英很快就脱离了生命危险。

而杨猛却因为逃脱罪责而走了绝路。虽然逃脱了法律的制裁，却没有躲过苍天的眼睛。民警们很快就查实，杨猛肇事逃逸，还销毁证据。他招来的是一顿臭骂：活该，谁叫你长一副黑心肠！……

灵与肉

耿祥兰

　　张大柱是 20 世纪 70 年代从农村走出来的大学生，现在是某市某局的科长。大柱毕业后从一个小职员做起，做事本分，又有灵性，很讨同事和上级领导的喜欢。

　　经过近二十年的打拼，张大柱也渐渐从小职员升到了科长。但是张大柱依旧很本分，连房子都是两居室的，车也是几万元的代步车。妻子孙小芳也是一起从农村走出来的学生，相貌普通，穿着朴素。如今有一女儿，年芳十六周岁，正在上高一。孙小芳一门心思扑在孩子的学习上，自己的吃穿住行都很普通，但总是把最好的东西留给女儿。

　　平时，大柱总说，现在中央查得紧，我们一定要低调，跟着中央的政策走，小芳也总是笑着说："那是自然！身正不怕影子斜，我们一直都很艰苦朴素。"

　　离过年还有两个月，小芳就早早地想着为家人添置新衣服。她就一次次去逛商店商场，以期能买到便宜而又穿着舒适的衣服。一个星期天，小芳拉着女儿到商场，走到那套早已看了多遍的衣服跟前，叫女儿穿上试试。女儿是十六岁的大姑娘了，比妈妈都高了半个头，穿上妈妈精心为她挑选的新衣，越发显出少女的活泼可爱。女儿也是相当喜欢，可是一看标价，吓一跳，这一身近八百元钱呢。妈妈都从未舍得穿过超过五百元的衣服，她赶紧脱下来，嘴上说着不太好看。售货员阿姨一直说：好看，而且价钱是商场里比较低的一款了，衣料舒适度相当好，性价比没得说云云。妈妈脸上露出满意的笑容，让售货员把刚才试的那套包好，自己去柜台开票付钱去了。

　　妈妈又领着女儿走到男装区，一边走一边说着"你爸爸他工作忙，但作为男人着装怎么也得正规体面些。我看中了一套西服，你来替你爸爸瞧瞧。大小就不用试了，他穿着一定合适，这么些年了，他穿多大的号那是有数的了。"女儿跟着妈妈买了那套价值一千多元的西装。女儿说："妈，你还没买呢。"妈妈笑着说："不急，我还没挑好呢，等挑好了再买。"

"妈！我刚路过繁荣路的时候，看见爸跟一个年轻女人坐车走了，我刚要喊，没来得及。爸不是出差了吗？""别瞎说，你爸在外有业务，他累着呢，你一定看错了，小孩子家家的懂什么！"

爸爸又出差了，爸爸最近常出差。邻市某高档商场内，张大柱正挽着一妙龄女子在看皮衣。白色貂皮大衣越发衬出女人的高贵，女人妖滴滴地说着："老公，这件多漂亮啊，我就看中了这件！"张大柱看了一眼标价，三万多。张大柱不动声色，挽着妙龄女子，只说了一句："宝贝，咱去刷卡！"

从高档商场出来，张大柱又领着妙龄女子去了美容店。快过年了，怎么也要做个新潮的发型，又要两千多！逛了几圈下来，张大柱渐渐感到手头有点发紧。张大柱忍不住说："最近查得紧，我们还是不要这么张扬，现在弄钱风险有点大！""哟，连这点胆都没有，叫我怎么对你好！"张大柱即刻软了下来："咱这不是得悠着点弄钱嘛。"

妙龄女子的胃口越来越大，张大柱的钱捞得也越来越多，终于有一天东窗事发，张大柱捞钱的手被抓住了。在探视室，小芳隔着探视玻璃窗只说了一句："好好改造，我和女儿都等着你！"而玻璃窗那边的张大柱忍不住流下悔恨的泪水，嚅嚅地说着："我对不起你们！"

邻市某高档商场内，妙龄女子正挽着某一大腹便便的人，老公老公地叫着，买这买那的，好不潇洒！

女儿在爸妈的卧室内，无意中打开了妈妈放首饰盒的抽屉，里面竟有一个日记本，女儿就偷偷看了起来。有一篇只有几句话：灵与肉，有些人为了灵，有些人为了肉，人都说女人的第六感官是最敏感的，这种感觉持续了五六年了，但为了让女儿有个完整的家，还是稀里糊涂地过着好。谁知道她今天竟发现了一些端倪，搞得我好紧张，幸亏她没再细问。

女儿哭了起来，因为她知道了她便是妈妈心中的灵，但是妈妈内心一定是痛苦的。哭过之后，女儿突然像长大了许多，知道自己该怎么做了，前方的路还很远很长……

亲情陨落在子夜

孙淑章

老张头今年六十六岁了，老伴比老张头大两岁，六十八岁。老张头微驼着背，满头白发，脸上像个老核桃，除了皱纹还是皱纹。老伴肺不好，整天喘着粗气，咳咳咳地咳着。

老张头年轻时风光了一阵子，整天乐呵呵的，为么？因为老婆大嫚的肚子争气，一口气生了两个儿子，大宝、二宝。老张头的老丈人两个女儿，没有儿子，老张头养老丈人的老。按照计划生育政策，生育一个儿子之后，可以生育二胎。老丈人喜欢儿子，却生育了两个女儿，整天甩脸子给老伴看。老张头参加了镇里的计划生育知识下乡活动，知道了原委，原来不该地的问题，是种子的原因，种下花生，还能长个葫芦？

大嫚嫁给老张头，生第一个儿子时，老丈人那个高兴呀，三日酒，满月酒，百日酒，全是老丈人掏钱。大嫚在医院生孩子，老丈人在家中听到生了外孙的电话后，骑着电动车，围绕着自己小村的外环路，飞速地跑了两圈，第三圈，电动车骑到沟里，手划破了一道大口子，淌着血，老丈人却乐呵呵地说："鸿运当头。"

大嫚生了儿子，老丈人比女儿女婿还忙，不管女儿女婿愿意不愿意，硬是把外孙弄到自己家里养着，还不住地嘱咐女儿："女婿的种子好，快生二胎。"果不其然，大嫚二胎又添了个儿子。

大宝在外公外婆家里过着小皇子般的生活，饭来张口，衣来伸手。大宝渐渐长大了，饭不顺口不张口，衣不顺眼不伸手，家中的大小玩具挖掘机，摆满了一间屋的地面。只要大宝看上的玩具，非买不行。外公实在看不下去，就私自做主不给买了，谁知道，大宝躺在地上打滚，不起来，外公嘴里不断地喊着："好好好！"大宝长到三四岁，外公不能满足他的愿望，大宝挥起小手，扇外公的老脸，外公总是哈哈哈地笑着："打打打！"外公笑着一把抱起大宝，给一个奖励。

　　大宝到了上小学的年龄了，回到父母家里。老丈人嘱咐女儿女婿一家，大宝有点任性，有事让着大宝。大宝在父母家里，稍不如意就摔盆子，打二宝，二宝的脸上，经常红一块青一块的。

　　不知不觉大宝二十八了，还没有找着媳妇，谁家的闺女敢跟着大宝呢？大宝整天打架斗殴的，有一次，大宝和别人打架，二宝拉架，和大宝打架的人跑掉了，大宝把恨发泄到二宝身上，二宝跑，大宝追，大宝路过卖肉的地方，拿起刀子，冲二宝狠扎了几刀，没有想到的是，二宝一命呜呼了。

　　二宝死了，全家拼命保大宝。大宝被判处无期徒刑，经过二十多年的监狱生活，出狱了。

　　大宝出狱时，四十左右了，找媳妇更难了。老张头和老伴也将近七十了。大宝委屈极了，一心要补偿一下。大宝看着父亲母亲老态龙钟的样子，气不打一处来。他整天和狐朋狗友一起，出入饭店、歌厅、KTV娱乐城，父母不吃不喝攒下的几个辛苦钱，很快被大宝挥霍了。大宝醉醺醺地回到家，看到父亲弯着腰，正给小猪喂食，大宝一时兴起，抬起脚，稍微一用力，老张头就从猪圈门口翻到了猪圈里，大宝的母亲在院子里擀饼，大宝气从心起，端起热锅，扔到了东沟里。

　　大宝的父母坐在炕上，哭泣着，他们不明白这是为什么，他们见了大宝，腿肚子打转，藏在东屋里，不敢出来。

　　司法所社区矫正人员小刘来到大宝的家里，找大宝谈心，没有找到，却一个酒店里把大宝找到了，大宝和一群狐朋狗友吃完饭后，没有钱付账，别人一哄而散，大宝被饭店扣住了。小刘给大宝付上钱，领着大宝来到司法所，给大宝填了表格，免费参加电气焊培训。大宝把培训表格揣在兜里，眼睛有些湿润。

　　老张头和老伴在漆黑的屋里，不敢开灯，听见大宝开门的声音，吓得像筛子筛糠一样。过了不知道多长时间，大宝的屋里没有了声音，老两口流着眼泪，还不敢出声。终于熬到了下半夜，老张头在前，老伴在后，摸索出一根扁担，老张头隐约看见大宝的脑袋，就和老伴一个在这边，一个在那边，把扁担狠狠的压在了大宝的脖子上。大宝朦朦胧胧地说了一句：爸，妈……就再也没有醒来。

　　法警从大宝的衣兜里，摸出了那张散发着墨香的表格，递给了老张头和老伴。

珍珠发夹

张艳华

　　一堆残碎的墙的肢体夹杂着曾经的花儿，曾经的草，曾经的点点滴滴，我踯躅在废墟之端，向墙的那边尽力地望去。院落里空空荡荡，梧桐蔫了吧唧，尘垢厚厚的石桌东倒西歪，鸡鸭栅栏左右倾斜，像是没有人住过的样子。

　　我心里一惊，才一个月住校没回家，隔壁小屋竟破败如此，那我的环儿姐姐呢？

　　母亲从屋里大步跨出："宇儿，赶紧下来，别到那边去，不吉利！唉！"

　　我赶紧询问母亲，在母亲缓缓的叙述中，我早已泣不成声。

　　十六岁的环儿姐姐是村里出了名的小美女，但是命不好，母亲生她时大出血去世，父亲半年前查出肺癌晚期，奶奶哭瞎了眼睛，她一边照顾病重的父亲和年迈的奶奶，一边上学。

　　为了维持生计，瞎眼的奶奶教着环儿姐姐养了一群鸡鸭。

　　所以每天一大早，我总能听到环儿姐姐动听的吆喝声，看到她美丽的身影。每逢镇上大集，环儿姐姐就请假，去集上卖鸡蛋，用卖鸡蛋的钱买生活和学习用品，还会顺便给我带块阿尔卑斯糖。在我小小的心里，环儿姐姐是世界上最善良最美丽的女孩。

　　宿舍里的兄弟们都不相信我有个大我六岁的环儿姐姐，我准备跟环儿姐姐照张相片，给兄弟们看看。我甚至还做过一个美丽的梦儿，梦里环儿姐姐是我最美丽的新娘。

　　可是，我还没来得及，没来得及告诉我的环儿姐姐呢？

　　母亲的一字一句敲打着我的心，泪水在脸上肆无忌惮地狂奔……

　　那个雨夜，那个我思念着环儿姐姐的雨夜啊！

　　要是我能请假回来，该多好啊！

外面传来敲门声，我赶紧揩了把眼泪，出去开门。门外赫然站着两名警察，一高一矮，高者面无表情，矮着彬彬有礼。

母亲从身后闪出："郝警官，您都来第三次了。我们都说了，真不知道，那晚雨太大了，又是雷，又是闪的。人都吓得不得了，哪有敢出去的。"

"您别担心，"矮个子警官赶紧说，"我们这次来主要是再清查一下现场，顺便来看看您有没有新想起来的线索。"

"这位是……"高个子警官双眉一皱。

"哦，这是我小儿子，刚从县城的寄宿学校回来。您先屋里坐。"

"咋么？小伙子，刚才哭了？瞧你眼睛红的！"

"是啊，刚才听说他环儿姐姐没了，正伤心着呢！小家伙跟他环儿姐姐可好了，没去寄宿学校前，就是他环儿姐姐的小尾巴呢！唉，可怜的女孩子！"

"我们这次带了当时现场的照片，你看看有没有有价值的线索提供给我们。"

高个子警官双手一摊，手里照片齐刷刷地呈扇形状展现在茶桌上，"十几个"环儿姐姐顿时映在我的眼睛里，湿漉漉的黑白色刺痛了我的双眸，泪水夺眶而出。

不，这不是我记忆里甜甜美美、温温柔柔的环儿姐姐。她，苍白着脸，黑发一大绺一大绺地垂在脑后，滴着水，双眼圆睁，紧盯着正上方。上身穿的是她最喜欢的那件纯白色的人造棉衫，此时却是凌乱不堪，下身半裸。赤脚，并不见鞋子的踪迹。

另一张照片显示几步远是她患肺癌晚期的父亲，仰躺在梧桐树下。鸡鸭栅栏旁倒伏着环儿姐姐年迈瞎眼的奶奶。

"老嫂子，我们尽了力了，但现场破坏太严重了。大雨冲刷后，鸡鸭惊走逃窜。我们查尽了角角落落都没有找到凶手遗留的痕迹。"矮个子警官很是无奈。

"一个月了，我们尽全力侦查，但结果并不理想，上级要求尽快结案，但我们实在是无从下手。可是，总觉得哪个地方有疏漏，却又找不出是哪里。只好，请您再协助我们回忆一下。"

"我们能问问，他们是怎么死的吗？"妈妈小心地试探着问。

两人对望一眼，可能事关办案程序，他们勉强笑笑。

最终，矮个子警官抿了抿嘴唇，开口了："反正，再没线索，明天也得结案了。"

"尸检报告显示：老奶奶是鸡鸭栏杆撞击了脾脏，致使脾脏破裂而死。女孩父亲虽肺部儿近衰竭，但致死原因并不是肺癌，而是因凶器击打了头部，致使颅骨开裂脑损伤而死。而女孩自己则是头部撞击而亡，生前有搏斗痕迹。"

矮个子警官边说边递给母亲一张环儿姐姐的近照，我一把抢过来，扑进母亲怀里，嚎啕大哭。

我的环儿姐姐就这样去了，我再也看不见她如花的笑靥，再也吃不到她亲手给我买的阿尔卑斯。

母亲搂着我，我把头垂在母亲怀里，大滴大滴的泪落在环儿姐姐白皙的手臂上，瘦弱的小手上，"等等，等等，等等……"

我大声地喊着，声音异样沙哑。高个子警官惊诧地望着我。

"我知道凶手是谁了。"我恨恨地说。

两个警官顿时齐刷刷地站了起来。

"警察叔叔，你看，环儿姐姐手里握的发夹，是我从县城里的首饰店里给她买的。为了这个发夹，我问宿舍里的兄弟们借了100元钱，用了好长时间才还上。"

"那也不能说明凶手是谁呀？"俩人疑惑地望着我。母亲惊吓地半天没还过神来。

"你们别急，听我说。妈妈，你知道村里王可风家的王夕吗？"

母亲盯着我，没回话。我晃晃她，她才点点头。

"就是他，他和环儿姐姐在一级，老是欺负环儿姐姐。今年正月里，我和强子在村东头的小河边，看见他骑在环儿姐姐身上，因为我和强子拿着杆子跑过去，他才跑了。他跑前，从环儿姐姐头上抢走了我给她买的珍珠发夹。"

"他边跑边说，环儿姐姐早晚是他的媳妇，这珍珠发夹就算环儿姐姐给他的定情信物。叫我们两个小破孩别多管闲事！他因为抢走了我送姐姐的发夹，我疯了一样地要追着打他，环儿姐姐吓得哭，说我们打不过他，他们一家都不讲理。不让我们招惹他。"

"我和强子就安慰环儿姐姐，说下次一定再买个一模一样的送给她。可是，我等了很长时间，那家首饰店里不进这款过时的发夹了。我就买了另一款，妈妈，我……我还没……没送给……环儿姐姐呢！"我已是泣不成声了。

母亲拍着我的后背，紧紧地抱着我，自己也是呜咽不止。

随后，警察带走了嚣张的王夕，他自以为天衣无缝，不躲不避，殊不知，法网恢恢，疏而不漏。警车开走那刻，我听见王夕喊："小子，等我回来收拾你!"旁边王夕父亲咬牙切齿地盯着我，一声没吭。

那天晚上，我做了一个梦，梦里还是那个清香甜甜的小院，房根下生着几丝娇柔的绿草，中间还点缀着细小的花儿。花儿娇而不艳，媚而不俗，纯净的白色环绕金黄的花蕊。

我的环儿姐姐正穿着淡紫的梧桐花衣，穿云隐雾，回来看我，依然笑靥如花，她说："宇儿，谢谢你，谢谢你为我伸冤。你不是要我做你的新娘吗？那就快快长大！等你长大了，我就回来找你……"

炫 富

刘光吉

甲和乙是同学，同一天分配到了交通局。

甲头脑灵活，很会来事，深得领导和同事们的喜欢。经过几年努力，就从一般职员到副科长、正科长，再到副局长，最后坐到了局长的宝座。可谓顺风顺水，春风得意。

乙老实木讷，都参加工作了，还整天学习，又是写，又是画，逐渐成了工程预算科的"大拿"，只要是经过他手的工程，预算与实际小数点后两位基本不差。但他依然是个小职员，被称为"书呆子"。

甲有意重用乙。但必须有一个前提条件：甲让乙将预算报表的数据掺上水分，大小当然由身为局长的甲说了算，乙则是傀儡。乙用一句"另请高明"断然拒绝，甲回应一句"不识抬举"，恼羞成怒。

第二天，乙得到了提拔，离开了工程预算科，到政策研究室当副主任，是个闲差，倒也清净。

甲当局长不到两年时间，就出大事了，因为贪污工程款项。

有一天，乙到监狱看望甲。

甲说："我原来官比你大，钱比你多，上下班坐豪车，住着二百多平米的大房子。"

乙在心里嘀咕，但未说出口："你比我还多了两样东西，一是你现在住的牢房，二是你腕上的手铐。"

拆迁款的风波

韩晓东

正值盛夏，娇阳似火，在某市集贸市场上，人山人海，车辆来往如梭，汽车喇叭的鸣叫声，摆摊商贩们的叫卖声，夹杂着过往行人的喧哗声，好一派热闹场景。

"有人晕倒啦，快救命啊！"，随着一声尖叫，人们把目光投向了百货商店门口，一位年近八旬的老人，手里还握着拐杖，躺在地上一动不动了。集上围观的人都围拢过来，医生模样的人卡老人的人中穴，做人工呼吸急救，有人小心地往老人嘴里慢慢倒着矿泉水，有的拿起手机拨打 110 求救。过了半个时辰，老人在众人的呵护下才慢慢苏醒过来。这时她已被抬放在市场的树荫下。老人名叫谢桂英，是张家庄人，原来家里闹矛盾，一气之下昨天出走了。这时老人睁开疲惫的双眼，面对救她的好心人，嚎啕大哭起来，边哭边诉说着，她越哭越伤心，"快闪开！快闪开！"这时，与老人同是本村人的"快嘴二嫂"刘爽快和外号"小广播"的马二婶风风火火赶来了，老人的小儿子邢贵利听说娘走着晕倒在集上，跑得满头大汗赶来了，派出所的工作人员也驱车赶来了，人们七拥八搓把老人扶上车送到了小儿子家。这时老人本家族的尊长邢二楞听说后也领着村委调解员郑三法也急匆匆赶到了老三家。常言说"话没腿走十里"，邢家为了那拆迁房补偿弟兄们闹翻脸干起仗来这一消息不径而飞，传遍了整个社区。连日来，大街小巷三人一堆，五人一帮凑在一起都在谈论传播这件为争钱不养老特大新闻。"小广播"马二婶到处游说为老人鸣不平："她大儿子邢贵春也太贪心了，拆房补偿款按理说兄弟们商量着分配，他凭什么被窝里放屁——独得哩，告他去！"她边说边气得直跺脚。这天从谢桂臻老人三儿子家里，老远不时也传出尊长邢二楞的训斥声，他气的一会倒背着手一会指划着三个侄子："你们拍拍良心想想，你娘容易吗？她 35 岁你爹就去世了，把您三个拉把成人，又成家立业，钱重要还是娘重要，你们给邢家门里伤风败俗。给祖宗丢脸！"他越说越气愤。走到正躺在床上的老嫂子身边，放狠话说："嫂子，要不我把这三个混蛋打一顿给你出出气？不动家法他们不觉热乎，说着就去取拖把，老人急忙爬起来阻拦劝说："她二叔！这使不得，把孩子打出个好歹来，他们还指着身子挣饭吃哩！""听听！听听！哎！这不就是有狠心儿女，没狠心爹娘吗？""真拿你娘们没办法。"邢二楞拍着屁股在屋里直转悠。坐在客厅沙发上的郑三法慢条斯理站了起来，一本正经地说："这样解决不了问题和矛盾，要不我打电话邀请街道司法所的同志来咱村，共同解决处理好不好？"邢家人都点头同意。"好，就这么定了，明天8点你们来村委，咱明天见。"

在村委调解办公室里，司法所的李所长早就赶到了。他是一名有三十多年工作经验的老所长，和气的脸上眼里透着严肃。他环视了周围邢家和到场的人，笑着说："你就是邢老大妈吗？"老人点头道："是我。""家有一宝就是一老。我想孝敬个老娘还没有呢。哈……老妈请你先说说拆房前后经过和养老意见。"老人陈述后，李所长又从文件夹拿出两个文件，说："下面，咱们先共同学习学习《中华人民共和国婚姻法》和《中华人民共和国老年人权益保障法》。"他读完文件又强调做解释说："你们当事人要明白，"父母有抚养子女的义务，子女有赡养老人的义务"的法律规定，如造成严重恶果将受到法律惩处的。不管啥原因，不赡养老人都是错误的，难道你们听不到村里的人都在背后戳你们的脊梁骨吗？"屋里空气一片沉静。郑老汉站起来插话说："昨天我和李所长为这件事还在村里做了详细调查并初步制订了个赡养老人协约，你们没意见就签字实施。"李所长读完养老协约后，弟兄三人都表态同意并在协约上签了字，都认为公正公平，感到心服口服。弟兄们拿着协约愉快地离开调解室，儿媳们也早已在村委大院门口等候多时迎接，她们扶拥着老婆婆，在和好如初气氛里，婆媳们和谐爽朗的笑声在大街上回荡，听到这笑声，李所长和郑调解也会意地笑了，笑得是那么开心……。

大学生的忏悔录

郑晓昕

楔子

我叫陆晨，是一名高校生，我原本可以无忧无虑地生活，可谁知，世事难料，一个邪恶的念头，便让我在高墙中过完我的一生……

源头

"陆晨，你妈的电话！"室友成安大声吆喝。"哦，知道了。"我起身接听。"孩子，你爸他不行了！"听筒那边母亲焦急地说着。"什么！妈，你慢慢说。"在母亲磕磕绊绊的叙述中，我才明白，原来是父亲的病情恶化，需尽快动手术，但穷困潦倒的家里，又如何在一夕之间拿出 40 万？室内一时之间陷入了无边的沉默。

我跌坐在床边，痛苦地揪着头发，室友成安见我这般摸样，不禁问我："陆晨，你没事吧？"我摇摇头，倒头睡去。

成安

我无精打采地坐在食堂里，空洞地盯着面前的饭，难以下咽。

"嘿！你怎么了？"成安不知何时出现在我面前。我抬起头，失神地看着他，然后拿起筷子吃饭。成安见我这样，吞吞吐吐地说："陆晨，我知道你急需钱，我有一个办法，你愿意听吗？"我看着他，随即点头。他神秘一笑，趴在我耳边说了一句话，我听后，瞪大了眼……

误入歧途

那天成安说的是：贩毒。我躺在床上翻来覆去地睡不着，成安也没睡，他在等我的答案。我深知贩毒是触犯法律的，可父亲……我心一横，答应了他，但我说只做一单，他同意了。于是，在忐忑与不安中，我将毒品放在行李箱中，踏上了前往云南昆明的火车。成功了，我拿到了 10 万，可钱依然不够，于是我又一次走上了歧途，依然成功。我开始变得贪婪，我知道，我已经回不去了。终于，法网恢恢，疏而不漏，我被逮捕归案，而成安却早已逃之夭夭。

后悔

父亲的病好了，我也安心了。但是，我很后悔，我恨我自己。我在狱中望着窗外皎洁的月色，泪，终是忍不住滑落……

后记

同龄的人们啊，法律，是我们每个人的行为准则啊！

钉子户

刘春山

在潍坊西部山区王家峪村，有个叫王大牛的村民，连续8年抗缴上级征收的农业特产税，人称"钉子户"。

村干部上门做工作，他是连哭带叫，有时还放狗咬人。

王家峪村的党支部书记王宏，是大牛同族的叔辈，大牛父亲去世那年，他还是这个村民小组的组长。如今，他更是拿王大牛没办法。前些日子，王大牛放言要上访。这样一来，乡村干部们都说大牛是个"大赖"，说他家是个"钉子户"，老老少少也都与大牛家保持一段距离，怕惹是非……

好事不出门，坏事传千里。王大牛连续8年抗缴农业特产税，村集体已累计代缴16000多元。村干部们连工资都领不到了。这看似是件小事，但已影响到全村乃至西沟片的工作。

一天，新来的刘青乡长独自一人去了大牛家。

一进门，刘乡长喊道："大牛兄弟在家吗？我是咱大安乡新来的乡长，想找你聊聊……"

"当官的没有一个好东西，你赶紧离开我家！"王大牛立时下了逐客令。

"哎！话可不能这么说，听乡亲们说你大牛还是个懂道明理的人，今天怎么好似吃了枪药？我刚进家门你就这么个态度……"说话间，刘青用眼神上下打量着王大牛。

"乡长大人，俺是冤啊！1987年村里搞农田水利建设，歇工时俺爹被崖头塌方的一块土坷垃砸死了，当时，村里划给俺家三间屋的宅基地，另外给三百块钱就算了结。那时我和妹妹年龄还小，第二年俺娘又改了嫁，俺们只好跟着爷爷、奶奶生活。如今我们长大了，也懂事了，俺要政府给俺爹记功，在坟前立碑，给家里挂烈士牌子……"王大牛边说边哭了起来："爹啊！你真是冤啊！你的命难道就值三百块钱吗？如今谁家买头小牛犊都得花两三千块呢，孩儿无能啊！"

刘乡长一下子懵了。原来，大牛抗缴税款还是有原因的。

经过入户走访，召开党员干部、群众代表座谈会。最后，刘青代表大安乡党委、政府做出决定：一是大牛父亲确属因公死亡，村集体理应照顾其家庭，现按照当年村里人均纯收入，一次性补发 10 年的经济补助作为家庭补偿，共计 36000 元。二是对死者遗属给予生活照顾，对其未成年子女照顾到 18 周岁，包括上学、就医和家庭生活困难补助，折算共计 20000 元。三是乡政府研究决定，一次性补发给王大牛家生活救济款 5000 元。

"感谢党和政府，感谢刘乡长！我王大牛绝不是什么不讲理的'大赖'，俺家也不是什么'钉子户'，爹死得早，娘又改了嫁，是年迈的爷爷奶奶把我们拉扯大，这些年我和妹妹真是吃够了苦头，俺坚决不欠政府和集体的一分钱，立字为据，账款一次结清……"

感　召

李佳慕

像她在书本和电视中看到的情节一样，她的丈夫出轨了，和一个有夫之妇。既然四个人都不幸福，她愿意选择退出，成全两个自以为在一起会幸福的人。

协议离婚后，她按时去看孩子，交抚养费。有农村的亲戚朋友劝她："男孩子，不会跟你亲的。你去看一次，就白扔一次钱。还是趁年轻，再找个好人家吧，你喜欢孩子，可以再生一个嘛……"还列举了若干身边的实例，以证明她们说的如何如何正确。似乎她只有听从了她们的劝说，才会有光明的前途。

可是，她不是她们所举的那些例子中的任何一个女主角。她无法做到像她们那样，随着婚姻划上句号，也决然割断了母子之情。虽然她也知道这种情况在农村较为普遍，但她不能理解那些母亲——孩子，不是从自己身上剥下来的骨肉吗？他的身上流淌着自己的血，又如何能割舍？落雨或飘雪的日子，作为母亲，怎能不牵挂自己的孩子是否带了雨具，是否已添棉衣？深夜里，又拿什么来安抚那些牵肠挂肚的辗转反侧？

她知道，劝她的人都是为了她好，但每一次面对她们好心的劝说，她都会泪流满面："我做不到，我放不下……"

情绪平复之后，她对她们讲：《新婚姻法》明确规定：离婚解除的只是夫妻关系，父母与子女间的关系，不因父母离婚而消除。离婚后，子女无论由父亲或母亲直接抚养，仍是父母双方的子女。不管孩子跟着哪一方，另一方都有权利和义务看望和教育孩子，这也是为人父母的责任。要让孩子感觉到：虽然爸爸妈妈不在一起了，但对他的爱从未改变。等他长大了，有了成熟的感情和理智，便会理解父母当年的选择，而不会心生怨恨。而那些断绝了父女母子关系的孩子，心灵都会有残缺，又能成长为什么样的人呢？

也许听她说的在理，她们不再劝了。

时光荏苒，一晃过去了五年。她自己贷款买了房子，附近就是幼儿园和学校。每天从幼儿园和学校门口经过，思念儿子的同时，她都会默默地祝福校园里所有的孩子都健康快乐地成长。也许是她的执着感动了上天，第六年的夏天，九岁的儿子回到了她身边——前夫和那个女人组成的家庭解体了。

为了让宝贝吃好，从前不谙厨艺的她，在网上学会了100多道菜的做法。每次看他吃到光盘，她的心中便漫过无边的满足。她在日记中写道："看着他一天天长大，就是我最大的幸福……"

一天，儿子问她："妈，当年你是不是像有的人说的那样，不要我了？"

她知道，这是他心里的一个问号，不帮他拉直了，就会打成一个结。她这样回答："你只听别人说，或者只听我说，都只是一面之词。你还是相信你自己的感觉吧。在你的记忆中，妈妈每次去看你，是不是都带着抚养费，还给你买了吃的、穿的、和玩的，还给你讲故事？"

他若有所思地点点头："嗯。"

"那你说，我会不要你了吗？不用现在回答。我相信，随着你慢慢长大，你会做出自己的判断。"

儿子没有说什么，但是他脸上那种释然的表情，如熨斗般，熨平了她心里的皱纹。那一刻，她那么感谢自己当年的选择：不管忍受怎样的误解和委屈，都始终坚持去看望儿子，从未中断给他补充爱的维生素……

那天，她看到了儿子写的作文《我的母亲》，最后一句是：妈妈是世界上最好的妈妈。

偶尔，她也会想起那个女人：破坏了别人的家庭，她会过得幸福吗？

老赖败诉

魏英丽

方小六正在与李强等几个朋友打牌，电话铃响了，他拿起手机一看，眉头一皱：又是马艳，肯定又是催着还钱，于是挂掉电话继续打牌。看着自己一手好牌，方小六得意地催着对方快出牌，这时电话铃又响了，他不耐烦地又挂掉电话。

李强马上嚷嚷起来："你怎么回事？别让手机老响，影响打牌！"

方小六说："我去年借马艳十五万元，她催着还钱，不理她！"

李强说："小心人家去法院告你啊！"

方小六"哼"了一声："告我？借钱时又没打借条，她没有证据，怎么告我？"

方小六想关了手机，又怕误事，为了防止对方再打过来，就回了一条信息："有什么事以后再说，我在开会。"

对方回复："你借款的事已经和你说了几次了，我借给你的十五万元钱，你什么时候能还？"

他马上应付着回复："你再等等，我现在手头紧。"

这下消停了，电话没有再打过来，方小六痛痛快快玩了一下午。

几天以后，方小六却意外地收到了法院的传票，马艳真把他告了！方小六嘴角露出一丝冷笑："告我？我倒要看看你怎么打赢这场官司？"于是信心十足地去应诉了，让他没想到的是，他败诉了，法院判他还钱。

原来，一年前，方小六因做生意资金周转不开，向朋友马艳借了十五万元，因为关系一直不错，也没打借条。后来，生意起色不大，一直无力偿还借款。小六想，反正借钱也没有证据，她没法去法院告，索性当起了老赖，拖着不还。这事让马艳很懊恼，后悔自己看错了人。她去法院诉讼，可根本拿不出任何证据证明他们之间的债权债务关系，一时无计可施。

那么，马艳是怎样让老赖败诉的呢？

原来马艳在律师的指点下，做了证据保全公证。因借贷关系没有证据，马艳来到了公证处，决定作一个电话录音的证据保全公证。马艳在公证人员的监督下，拨打了方小六的手机，但都被对方拒绝接听。不一会儿，马艳收到了方小六一条短信，内容为："有什么事以后再说，我在开会。"马艳答："借款的事已经和你说了几次了，我借给你的十五万元钱，你什么时候能还？"方小六回复："你再等等，我现在手头紧。"于是，公证员依程序将上述短信内容进行了保全。在没有其他证据的情况下，经过保全的短信内容就具有了决定性价值。法院认定了该证据，确认了双方债权债务关系以及方小六至今还未还款的事实。

这就叫，聪明反被聪明误，最终老赖要败诉。

假唬盗

王　锴

烈日当头，站在支架上的小虎抹了把脸上的汗，歪头瞅瞅太阳，咧了咧嘴。满脸的扬尘，和着砖屑将他染成了原始森林里的土著。挥手间，小虎看见骑着那辆破江陵的华子一溜烟地向他冲来。两年未见，华子依旧是染着额前那绺黄毛，摘掉墨镜露出四下逡巡的小眼。

"小虎，小虎！让我好找！"华子嘻嘻笑着，瞅瞅周围，放低了声音："叫我不认识了，想当雷锋？"

"我现在可是凭力气吃饭呢！"小虎弯下腰又捡起几块砖。

"行了吧兄弟，哥也是有难处才来找你，你就忍心……"华子满脸热切，就差作揖了。

小虎苦笑着摇了摇头，继续干他的活。

"小虎，你真想让我给你跪下？"说着，真跪下了。小虎连忙跳下脚手架，一把将他拽起。

两人坐在一个拉面馆角落里，点了几个凉菜，哥长哥短地拼起了白酒。见虎子一直不说话，华子又连忙拎了一打啤酒晃晃悠悠地走回来，"嘭"地开了一瓶递给已经眼睛迷离的小虎，"虎子，哥也看出你的意思了，可是像你我这样的人……血汗钱只能顾肚子顾不了心，就这么窝囊下去？"华子双眼一转，"再说，小虎你家也不宽敞，听说你妹妹学习不错，年年拿优，不过今年高中毕业就要辍学了，她能不偷着流泪吗？你说咱这哥是怎么当的！"

"我总不能去以邪养正吧？"

"你怎么变得那么糊涂，只要有钱就能上大学，就能出人头地，比比腐败贪污，咱还是干净的。"

华子瞅了他一眼，长长叹了口气，说"行了，只这一次。"他抬起头问：

"你有路子了?"

"瞧好吧!"

华子骑着那辆破摩托车像条疯狗,沿着一条沙子路一个劲地往北窜,坐在车后的虎子有些不耐烦了,"你这是驮着我兜风呐!"

"嘿嘿,只管等着吃好东西吧。"

来到一片槐树林,华子把车随便一放,俯身歪在地上,仰望天空,轻声傻笑起来。虎子大惑不解地凑上前,"我说你喝了痴老婆尿了?刚出门的时候我的右眼皮直跳,觉得不是什么吉兆,跟你办事我总是不放心。"

"我说兄弟,打一开始你就……不说了,你这人,就不能说点过年的?"

虎子摇了摇头,在华子的身边蹲了下来。树林里寂静无声,偶尔有露水落地。不知什么时候,华子发出了轻微的鼾声。忽然,华子一个鲤鱼打挺坐了起来,歪头瞅瞅北斗星,"兄弟,到点了。"

老规矩,二人先是默对西北,拜了三拜,然后开始化妆。

"怪事,明明把头套放进兜里,却怎么也不见了!"小虎翻遍了全身,急得华子在一边不耐烦了,"我说兄弟,没那破玩意照样,你总是那么多神多鬼的。"

"你呀,过去吃了多少亏,就是记不准。行行,反正……反正这遭不顺溜。"

二人再不搭话,各自忙活了起来,不一会儿,一前一后两条黑影鬼似的闪进了村子。俩人七绕八转地来到村最前比邻而起的两家高门大院前,停下来。华子用手指指东侧的那个门又指指自己,一闪身上了墙头。小虎来到西侧门外,细细听了听,然后拾起一块石头扔进了院内,见没动静,这才猴儿似的蹿窜上了墙头,翻身跳下。

虎子小心翼翼地打开房门,发现此家果然有钱。待确认了卧室之后,他在门拉手上随手插了一个东西,然后把目光投向电视柜,口含小电筒,一手轻轻托起一角,另一手慢慢伸进柜下,不由浑身一哆嗦,只觉得伸进去的右手触到了一个令他心动的东西。拖出来打开袋子一看,老天爷,全是一色的红票子,足有十几万!忽然,从头上掉下一件东西,什么玩意?对着手电一看,原来是一个小本本。他随手打开,却吓了一身冷汗。原来是本刑警证,姓名:孙华强。职务:刑警队长。虎子这下慌了神,只感到心要从口里跳出来,头皮跟着没了知觉,双腿已似面条。什么也顾不上了,他迈开步子拉开门,不知怎的就翻过了院墙,像一只没头苍蝇,玩了命地跑出村。恍惚间,听到东侧也有动静，一条黑影紧追他不放。完了，中了人家的圈套！这念头一闪，他马上意识到紧跟而来的是什么。这一回他可真是豁上了，哪怕是跑断了腿。"扑通"一声，虎子一头扎进拦在前面的大水沟里，咬牙瞪眼在水下憋了好久好久才忽地钻出水面，狠命地张口换气。正在这时，相距不远的水面上也钻出一个人头，"妈呀"一声，小虎这才知道：娘的，原来是华子！

"华子，你他姥姥的跟在我身后，你要吓死我呀！"

"娘的，我怎么闯进了公安局长的家里了！"

"他妈的，这个村怎么净出这号大人物，是不是咱看错了眼？"

"没错，这不，我还拿着那个证呢。"

"你呀！"虎子丧气地责备华子，"弄得什么事！赶快撤吧，百日内不能活动。"

……

三个月过去了，虎子依旧在建筑工地上惴惴不安地流着汗水干活，可什么样的惊吓也不曾发生。只是听到一个确切的消息：华子又进去了，这次犯得罪却不是偷盗，而是与一个大型造假团伙有关联……

下不为例

宋　亮

吃晚饭后，他就回宿舍学习。在学习上他有更高的目标，读研究生，读博士，出国留学，他有信心。

可，朋友非要拉他去吃饭。这可是最要好的朋友，要是不去，算什么好朋友？

"下不为例。"他嘀咕着。心中的不安稍微平息，还是去了。

动完手术，他感到心里轻松。每次手术之后，听到病人家属的称赞，他都习以为常。业务上他一直就是这样谦虚低调，精益求精。

可，病号家属探头进来，塞给他一个红包。他严肃地说，怎么能这样？病号家属说，一点意思而已。

"下不为例啊！"他嘴上这样让着，还是收了。

周末休息，他总是驱车回老家看望父母，帮他们干点农活，聊聊现在的工作，说说过去的生活。他觉得能陪伴父母身边，是他最好的时光。

可，洗完脚，药商为他奉上一张金色的回扣卡。他说，你怎么能这样？咱哥们，客气啥？药商说，不成敬意，很多事还需要你的关照。

"下不为例啊。"他轻飘地说，没有推辞。

现在，他挂在嘴上最多的话就是：下不为例，下不为例……

可，没有下次啦，等待他的是冰凉的手铐。

多少回，他叹息着自省，喃喃着说，都是这四个字害的。

月牙儿

鲁月　曾磊

那时的月牙儿就像一滴水，清澈透明的一滴水，不起眼，也不出格，安安分分。

可是，从什么时候起，月牙儿开始变了？

月牙儿的欢笑明显少了，几乎就不见了。一块长大的小娟，在上学下学的时候，总也找不到她了。月牙儿现在和谁一起上下学？谁也不知道，好像很神秘。只有一次，小娟远远看到她和一个长头发戴墨镜的青年人在一起，小娟有些害怕，都没敢凑上前去。

老师们发现月牙儿在课堂上一个呵欠连着一个呵欠，叫她回答问题，她并不知道刚才提问的是什么，站在那里懵懵懂懂；体育课上，月牙儿也不像以前那样，和同学一起说笑嬉闹，而是独自呆在一旁郁郁寡欢。

爸爸被街道派出所叫去的时候，看见一个年龄不大、穿黑网袜玫红上衣的年轻女人倚着拘留室迎门的墙坐着，蓝色头发的刘海遮住眼睛。要不是爸爸熟悉月牙儿长得很像妈妈的小嘴儿，爸爸是认不出她来的。

你是月牙儿？爸爸问她。她没有出声。

月牙儿，爸爸又靠前几步叫她。这次脸略微抬了抬，身子忽然开始颤抖。

你怎么了！爸爸认出她的玫红色衣服里面的她的黄颜色的校服，爸爸开始抱住了她的双肩。

你不要动我！这句话月牙儿几乎是喊出来的。然后，她突然更剧烈地颤抖，几乎就是抽搐起来，头上额上都有汗珠冒出来。

爸爸吓坏了，跑到门口喊警察，爸爸回头再看月牙的时候，见她不知从哪里找出一些白色的粉末在贪婪地吸食。

爸爸狠劲地打掉了她手里的东西，哀嚎了一声，仿佛一头受伤的野兽在无人的草原。

爸爸老泪纵横，她这时也泪流满面，爸爸——她朝着爸爸扑了过来。

才几天啊，月牙儿，你怎么变成了这个样子?!

爸爸张开臂膀使劲地搂住了他的女儿。

在月牙儿很小的时候，在妈妈的眼里，爸爸是个穷人。后来，妈妈跟着别人去了南方。那一段时间，爸爸把月牙儿放在七十多岁的奶奶家里，他一个人住着，整日喝酒睡觉。终于有一天，爸爸认识的酒肉朋友中，有人把一种能够"释放"压力的"好东西"介绍给他，从此，爸爸用喝酒和吸毒两样事情排遣生活的郁闷，开始了他一生中暗无天日的一段历程。

奶奶病重了，需要爸爸在床前侍候。可他哪里顾得上侍候年迈生病的母亲？一个黄昏，当他还待在暗黑的屋子里吸食白粉的时候，邻居跑来告诉他，他的母亲走了。

爸爸经过艰难而漫长的戒毒、戒酒过程，后来开始做生意并照料相依为命的女儿。

谁知世事谁料……

学校把勒令月牙儿退学的通知交给爸爸。爸爸找到校长和班主任，掏心窝子地检讨自己，说是月牙儿的妈妈早就不在，自己又不算是个好父亲，整天又只忙着跑济南做生意，对孩子监管不周，现在出了事，都是自己的责任。

爸爸四处找关系求人，终于保留了月牙的学籍。

按照法律规定，月牙儿被拘留七日。

又过了一些日子，月牙儿被爸爸牵着手，走进了区戒毒所。爸爸的手很大，还有些硬，月牙儿感觉自己仿佛又回到了很小很小的时候。

戒　烟

杨仕臣

小王喜欢抽烟。尤其是"红梅"。

小王更迷恋莫言，不仅仅他是我国第一位诺贝尔奖获得者，更是由于与莫言笔下的"烟"引起了共鸣：

"烟恋上了手指，

手指却把香烟给了嘴唇。

……"

家人让他戒烟，刚参加工作就抽得那么凶，对身体不好，更妨碍找媳妇……

小王总是说："工作需要。"

小王的工作很累，每天都有大量的申请需要审批上报，有时候累了就抽支烟休息一下。慢慢朋友熟人多了，来人都知道小王爱抽"红梅醇香"，这边不好买，来的时候都会想办法托人给捎几条。

后来，小王看了"表叔"的故事，突然，他戒烟了……

家人问他怎么戒烟了，他还是那句话："工作需要。"

但那天他在的日记里写到"我不想继'表叔'之后成为'烟哥'，把自己烧的只剩下灰……"。

殊途同归

杨仕臣

小赵、小张是大学同学，在一个寝室，毕业后又被分配到同一个单位工作。

小赵和小张都来自农村……

小赵内向，不爱说话，酷爱学习，文采很好，工作不久就在省报纸上发表了文章。

小张外向，讨人喜欢，里打外开，业务很棒，工作不久就被单位评为先进工作者。

小张经常教导小赵，工作了别再看书了，做"书呆子"，要多学习"前辈经验，出人头地"。而小赵这时总是来一句："道不同不相为谋。但是必须得走正道，殊途同归。"

其实这句话，小张思虑了很久……

后来，小张从科员成了副科长、科长，而小赵依然如故，但发表的文章越来越多。

再后来，老张成了副局长、局长，而老赵还是依然如故，只不过成为了省里知名作家。

老张和老赵同时退休了，在一起小聚，感慨：

"你现在成了名作家了，真是道不同不相为谋！"

"你也很好，实现了自己的目标！"

"但我听了你一句话：'必须得走正道'。"

"呵呵，殊途同归啊！"

自找烦恼

孟繁柳

去年，老马一生未开怀的老伴驾鹤西去，孤苦伶仃的他艰难地熬了大半年，最近也撒手人寰了。

老马一生勤劳节俭，虽没有存款，但也在城里留下了一套一百多平米的楼房。老马农村有个叫马仁的小弟，人虽矮小，但精明得很。大哥一走，他就做起了黄粱美梦：大哥没儿没女，财产无人继承，房子理所当然归我。现在的楼房一平米不低于3000元，至少也得卖30多万，儿子明年研究生毕业，在城里找上工作，就甭愁买房子没钱了。哈哈！这真是有福之人不用忙！

老马在弥留之际，马仁早就把房产证和钥匙没收了。老马出殡后的第二天，他就雇来人把屋里的墙壁粉刷得雪白，像新房一样，他说这样会多卖钱。紧接着，他请人在网上发了售房广告。因为房子的地理位置好，小区的绿化、美化档次高，所以有意买房者甚多。经过讨价还价，最后与出价最高的谈成了买卖，当场要了定金。房子顺利成交，把马仁高兴得不亦乐乎！但他不懂售二手房需要过户的知识，还以为像卖瓜果梨桃那样简单，你给我钱，我给你货就一了百了。当买方要求他一块去房管局办手续时，办事员问明情况后说："此房暂不能交易，你得先去公证处办理公证，拿到公证书，我们才能办理过户手续。"这步棋是马仁没有想到的，他大发牢骚：卖自家的房还这么啰嗦，这不是吃饱了没事干，故意给老百姓添麻烦嘛！

就在马仁东跑西忙办公证书的时候，没料到杀来了个要房产的程咬金。这不速之客是当年老马前妻带走的5岁儿子，名叫马道远。如今已30多岁。别看他随母远嫁去了内蒙，但他惦记父亲，每年都来看一次老马。这次突然来，是因他梦见老爸得了胡言乱语、乱抓乱拿的神经病。没想到老爸去世了，他跑到坟前痛哭了一场。回家见房子粉刷一新，叔叔说房子已卖掉，正在跑手续。

他忙说:"叔,这房子不是你的,你无权卖!"马仁一听火了:"不是我的是谁的?难道是你的?""不错,就是我的!"马仁一听怒发冲冠:"你随娘改嫁远走了,这里的一草一木与你无关了。""怎么无关?继父未承认收养我,我不是还姓马吗?就是我去了外国,这房子也是我的,不信你找个地方问问。"道远心平气和地说。

"瞎扯,纯是胡说八道!我卖我的房,你管不着!"

一波未平,一波又起。第二天,一名陌生的中年妇女找上门来,自称是老马老伴的远房侄媳妇,见了马仁先问明了关系,接着就一口一个表叔地叫着,然后说明了来意:我大奶奶只有大姑一个亲人,姑夫生前一直给大奶奶钱粮供给,她听说姑夫远走了,再也没人给,就打发我来给她要点财产养老。马仁立即把两眼瞪得溜圆:"几百杆子打不着的也来找饭吃,真是狗舔油壶,马家的财产就那么好要?姓马的不是软柿子!"

"表叔,你是硬柿子也得讲法论理,如今建设法制国家,做事要依法守规,咱不能自以为是,随意乱来!"

马仁听了,知道来者不善,心想:一只狼好对付,又来一只虎很难办,看来只有找法院评理了。

马仁一边在家准备打官司的材料,一边打电话把事情告诉了在大学学习法律的儿子。儿子关心地问明情况后,很肯定地说:"爸,大伯的房产你无权继承,更别说打官司,不要自找烦恼!"马仁听了又气又憎:"你这是哪里话?我不继承谁继承?你怎么胳膊肘向外拐!""爸,你听我的,快把大伯的房产证交给道远哥,并说我向他问好。你若想不通,过几天我会给你写信讲清的。"

马仁装了一肚子气,但想到儿子是学法律的,当然比自己知道的多,就违心地按他说的做了。做归做,但心里一直想不通,憋得肚子梆硬,吃不下饭,睡不好觉。

儿子真的很快来了一封长信,马仁仔细地看后,"唉"了一声,你说神不神,鼓大的肚子唰地扁下去,心也平气也和了……

买手机的风波

韩 翰

城郊那家手机卖场的老板昨天在 QQ 上发邀请，让我暑假时给他女儿辅导功课，并说我的朋友如果到他的卖场买手机，在价钱上给予优惠。还说现在生意很好，经营环境又改善了，品种也增加了几个。

我和老板认识，是因发票吵架的事。市国税干部的介入，保护了我们的合法权益，惩罚了手机卖场偷税行为。正因被罚，卖场的生意才有今天的红火。真乃"不吵不相识，不罚不发达"。

故事要从去年夏天说起。高考结束后，舅舅要给我买只手机。按舅舅的约定，我们去了那家手机卖场。这家手机卖场在城市郊区，门头也不十分显眼，但是顾客却不少。

"美女，拿这款手机看看……"舅舅指着那款刚上市不久的手机，周围几个顾客也凑了上来。

"这款手机就是电视上正在做广告的那款，功能全，流行得很，今天卖出六只了。"女营业员流利地介绍着，老板也过来推荐着。

我们经过仔细对比、挑选、讨价还价，最终就选中了刚才那款。付款时，我们索要发票，老板说："月底没有发票了，下月初才去领。现在用个收款收据就可以。"看得出，他压根不愿给发票。我们有些生气，说定下月来取。

到了下个月中旬，我和表弟一同去手机卖场要回发票，当场刮开兑奖联的"奖区"，没想到上面写着"20 元"。我们顿时高兴了。

"老板，兑现给 20 元钱！"我大声喊道。

"不好意思，领发票时征税的说不兑奖了！"老板脸上不情愿地挤出一丝笑容。

"不可能。应该是销售物品的地方代理兑现的！"面对质疑，老板要起赖皮，引发了争吵。表弟是个急性子，立即拨通税务部门的电话，一口气说出来龙去脉。

"你们拿着发票，来分局办税大厅兑现吧。"电话那头答复，老板听得清楚。他脸色一沉，说我们为了20元钱不值得。

后来，税务工作人员把奖金给了我们。再后来，税务人员对这个手机卖场进行稽查，发现营业时间不短了，生意也不错，每月开具的发票却不多，有时候给消费者的发票都是东借西凑的，消费者不索要发票就不给；如果中奖，他们也不愿兑现。

偷税违法，就应受到惩罚。这家手机专卖店得到"补交税款，停业整顿"的处罚。老板看到生意特好却要停业关门，心急如焚，只好认错认罚，补交税款，写下保证书，保证以后不敢再如此了。手机卖场不久就大张旗鼓地开起来。

正规经营后，老板开始大做广告，吸引了更多消费者，新的手机品牌也进驻加盟。手机卖场生意越做越红火，店面、店里环境认显得落后了，税务干部积极出谋划策，建议老板把卖场迁到县城北端的沿街楼上，一开门生意就很红火。春节期间，我陪同学去那里买手机，我才知是那老板开的。

"欢迎光临！多亏那次风波，手机卖场才发展壮大了。谢谢支持！"老板冲我们笑着。我立即明白过来，说"祝贺！文明经营天地宽，和气生财生意好。"在场的都愣了。等老板出去后，我将那风波轻描淡写地说了，大家都笑了。

寒假结束前，我去那家手机卖场买了个充电宝。期间，老板主动过来，给我开具了发票，并且请我暑假期间给他家孩子辅导功课，并承诺"给劳务费，不差钱"。我开玩笑地说："那样，您要发票吗？要的话我就为难了！"

"谢谢老板，暑假见！"我在QQ上礼貌地回复了。同时，我也在自己的QQ群里发布：谁买手机找我，价钱不便宜我给贴上。

大寿宴

刘春旭　刘其利

九月九重阳节。河滩大集，摩肩擦踵，攘攘熙熙。

"快来买呀！壮阳草好韭菜，露天的无公害！吐血了大甩卖，谁不买，悔青肠子嗨！"郎新和往常一样喊破天地叫卖着。不一会儿，大半篓子的韭菜快卖完了。

"半晌午了，快收摊子回家办寿宴去！剩下的给他舅退回去，让他自己卖吧！"郎新老婆苟菲急乎乎地催促着。

"三斤五斤的菜还值当的拿回家去，喂猪算了！"说罢，腾腾腾一溜烟，三轮车拉上老婆回了家。

老岳母九十大寿，姐夫舅子举家九口齐聚午宴，吃得皆大欢喜。可饭后，一家人或呕吐，或肚痛，去医院，被诊断为食物中毒，住院挂吊瓶。老岳母病重。

护士问："吃啥了？"

"图个吉利，韭菜豆腐饺子，老烧酒，全是保险的。韭菜是他舅家种的，豆腐是自家做的，都是留下自家用的，不是拿去卖的那种！酒是二锅头，家里存的，喝过好几回的。"郎新撇撇嘴，自信地回答。

"你就敢说没用差货？"老婆苟菲看看在一旁呻吟的老母，怒吼道。

"俺对天发誓，用了差货遭雷劈！"一会儿，丈夫郎新忽地跪下，狠扇自己一耳光，说："嗨！俺悔青肠子了！韭菜拿差了，用的是集上卖的那种差货啊！明明是拿回来喂猪的啊！怎么就包了饺子呢！闹鬼连？"

"真你娘的浑啊你！你不知道那是喷了黑药的，不能自家吃啊！俺送你自家吃的好货哪里去了?!"舅子苟贝气得牙根都快咬碎了，慌忙起身，差点拽下针头。

"嗨！昏头了！都喂了猪了！"郎新回答。

院方报案，验韭菜，果然有毒。拘留当事人，追查没收黑药、毒韭菜，销毁，罚款，曝光。不日，老岳母病亡。

嗨！摆大寿宴，喝团圆酒，害全家病，送姥娘命！恍若一梦。惨到家了！报应！

从此，郎、苟家不再昧良心、卖劣货。

秦川大地绿意浓

张秋勇

黄河水九道弯，八百里秦川麦连天。古明刚一下车就被这扑面而来的热浪生生地逼退回了车内，"直接到村口"，司机小陈一踩油门，在这关中平原上驰骋了起来。是啊，多么熟悉的麦收场景，离家又有近十年了，家乡还是老样子。他脑海里回忆着过往的一点一滴……自从被上调至省纪委后，他再也没有时间回来过，要不是老同学的一封信……

"可把你迎回来了！"一张口，老汉眼泪就忍不住在眼眶里打转，"有啥事你就说嘛，我这不是回来了吗。"一边拍着老汉的肩膀一边把老汉扶进了屋，"再这么下去，谁还种田？""谁敢把种粮补贴的政策这么弄？这个情况是只在这里有还是整个地区都这样，你把情况再详细说一说……""走，再到其他地方转一转……"古明刚未顾上看看那已经破败的老屋，谢绝了乡亲的挽留，一路上心情沉重。"古书记，要不要跟 XX 市打个招呼？"司机小陈问道，"不用，先把情况摸清楚再说""XX 市市委书记可是省里周副书记的老部下啊！"小陈提醒道。他不是不清楚："开好你的车……"，走访了六个地区后，"老古啊，来我们市也不来我这里坐坐，招待不周啊，有个情况周副书记让我还得跟您请示一下……"，"哎，一点儿小事儿，哪能劳您大驾，这不走得急，我已经在回省里的路上了，下次下次……"

情况层层上报，省委书记乔岩年很愤怒："太不像话！查！一查到底……"月余，一批干部被追责，老汉来信说补贴下来了，去年的也一块儿补了，种粮更有劲儿了……，古明刚望着车窗外遍布在秦川大地上绿油油的庄稼苗，会心地笑了……

夜　色

王佳胜

卷一

橘黄色的路灯，照耀着雕花的别墅大门。大门缓缓地敞开，银色的宝马轻盈而入，留下一缕青烟。

砖红的欧式二层小楼，在淡淡的夜色中，像极了古君主的王冠。半圆形的窗户上，映出两个人的身影。

半弓的身躯，虔诚地伸着双手，把一包沉重的物件从左窗棂推到右窗棂："xx，工程的事您费费心了。"

凸起的腹部支撑的身躯，微微向后仰着，伴随着爽朗的笑声："放心吧，回去等通知吧。"

夜色渐浓，乌云遮挡了月光。

卷二

刺眼的探照灯，晃过斑斓的监狱大门。铁门慢慢地关闭，白色的警车呼啸而入，卷起几片梧桐落叶。

楼前鲜艳的国徽，透过朦胧的雾色，散发着正义的光芒。警灯闪耀的光线下，浮现两个人的身影。

笔直的身躯，威武地挥着右手，一个闪亮的手铐从腰间移到胸前："伸出手来！"

半弓的身躯，比以前更矮了，伴随着一声沉重的叹息："唉！"

月华如练，清风驱散了雾霾。

司法所来了个年轻人

之社区矫正篇

于　晓

回到所里，已经是半晌。老李擦了擦额头的汗珠，还没来得及喘一口气，就有人敲门，"请进"，老李话还没落地，门就被推开了，"你们这是司法所不？"一个流里流气的小伙子招呼都不打就问了起来。"对，请问你有什么事吗？""那个法院让我来报道，是不是找你们？"老李说："你是万家村小刘吧，我看了你的资料了，前几天法院也把文书寄过来了，你先坐吧"。

老李把小张叫到一边说："正好要教你社区矫正这块业务，今天正好有人报道，你多看着点，有不懂的地方就问我，以后你就主要负责这块业务了。"小张似懂非懂地点了点头。

从文件橱里拿出文件盒，里面规规整整地放了很多空白的表格，这足以说明平常老李和老赵下的功夫有多深，小张也突然间明白：原来工作与办公环境真的没有太大关系。

按部就班，老李先对这个叫小刘的年轻人进行了登记，填写了基本情况信息表，让他填写了接受社区矫正承诺书，然后做了一个心理测试，又根据心理测试制定了相应的矫正方案。老李有条不紊地忙碌着，额头上渗出了汗珠，小李突然感觉这是千千万万基层司法工作人员的真实状态，忙忙碌碌，跑前跑后，为了精通业务学习自己陌生的知识领域，为了服务群众没白没黑地外出调解，跑瘦了自己的腿，跑白了自己的头发。

"弄完了吗，咋这么慢？"小青年不耐烦的情绪把我从想象中拉了回来。很明显，小青年除了不屑一顾之外，还有很大的不耐烦。老李一改温和的笑容，义正言辞地说："小刘，你的寻衅滋事罪判决之后属于缓刑，并不是不执行，监外执行属于非监禁刑，如果你不接受社区矫正或者违反社区矫正的相关条例，我们可以立刻向法院申请收监执行，希望你明白。"小青年一看老李严肃的表情，立刻收起自己懒懒散散的样子，坐在那里不说话了。老李接着说："你年纪这么小，还整天出去胡作非为，你知不知道你父母整天多么担心你？你知道不知道你父母为了你的缓刑费了多少心力？你有没有考虑过你的未来？"老李看着小青年若有所思的样子，说："好好学做人，后面我们还会慢慢教你，争取做一个对社会有用的人，让父母放心的人，这些都不是空话，需要你一步步地脚踏实地地去做"。

　　小青年走了，小张陷入了深深的沉思。有些事情自己想得太简单。处理起来更是太简单，基层是个大熔炉，自己来到了一个可以学到很多东西的地方，这些知识、这些经验都是将伴随他一生的东西，小张决定，义无反顾地在这里工作下去，学习下去。

车过鸡头岭

桂忠阳

王老板是亳州有名的药材商，经常贩运药材到皖南来销售。那天他又准备了一车药材，去找李平来给他开车，可是李平到山东去了。以前总是李平给他开车，因为李平的技术好，车开得很稳，尤其是在皖南崎岖的山路上开得很好。李平不在，王老板只好请蔡大成给他开车。他和蔡大成只有一面之交，还是李成介绍认识的，不是很熟悉，知道他会开车，技术如何则不得而知。一车药材装好了，总不能停在家里，这也是火烧眉毛的事，王老板也顾不了许多了。

上路之后，王老板发现蔡大成开车的技术还行，也就放心了。

王老板做梦也没想到这蔡大成是心狠手辣的家伙，十年前就因为盗窃罪被判刑五年，出来之后，依然在社会上瞎混。他见王老板这一车药材少说也有几十万，就动心了。路过磨盘山时，他就想动手了，可是来往车辆很多，他只好把那邪恶的念头压在心里。

这天傍晚，车到了皖南鸡头岭，过去20公里就是宁川县城。王老板想赶到宁川县城，便对蔡大成说，兄弟，你辛苦一下，我们赶到宁川县去再休息好吗？

蔡大成心中暗喜，嘴上却说，我听老板的。说完便加大油门，把车开上了鸡头岭。可是车刚上鸡头岭，却突然熄火了。蔡大成下车检查了一下，对王老板说，可能是油路出了问题，你帮我把工具拿下来。王老板拿着工具走下车，发牢骚说，早不熄火晚不熄火，偏偏在这个时候熄火。

蔡大成接过王老板递来的工具时，手在微微颤抖，他内心正在进行着剧烈的斗争。此刻干掉王老板是千载难逢的良机，那车上价值五六十万的药材就归他所有了。可是，他也害怕事情暴露，那就一切都完了。最终他还是抵挡不了金钱的诱惑，玩命就玩命吧，谁叫自己是进过监狱的人呢。他对王老板说，我把车盖打开，你看看下面是不是漏油？

这时，后面又来了一辆车，见他们的车出了问题，司机就停下说，兄弟，要不要帮忙？蔡大成敷衍说，没多大事，你先走吧。那个司机就开车下岭了。

王老板正低着头观察，突然头上挨了重重的一击，只觉得眼前一黑便昏了过去。

蔡大成用扳手把王老板打昏后，就把他推下了岭边的悬崖。悬崖下面是湍急的西津河，王老板就是不摔死也要被水淹死。

蔡大成干掉王老板之后，便上车把车发动起来。其实车并没有出问题，他是有意熄火的。听王老板说这一车药材至少要值50多万，他早就动心了。恰巧在黄昏的时候，王老板要过鸡头岭，这简直是天赐的时机。鸡头岭偏僻险要，来往车辆很少，他心里乐滋滋地想：车能过鸡头岭，只怕你王老板过不去了。

下岭之后，蔡大成加大油门，很快就开进了宁川县城。他到司尔特宾馆住下后，就谋划如何卖掉这些药材。他对药材不熟悉，想来想去只有找铁路上的一个朋友帮忙。

第二天，他买了一些礼品来到朋友胡林的家里，试探着对胡林说，如果有人能帮他卖掉这车药材，他愿意拿出百分之十做报酬。胡林想了想说，这样吧，你先别急，我有一个朋友在城里电信局上班，他认识的人多，我去和他商量商量，有消息我就到宾馆去告诉你。

蔡大成说，那就拜托你了，我在这里人生地不熟，没有办法。

送走了蔡大成，胡林就来到电信局。他和朋友小吴谈了药材的事，并说对方愿拿出百分之十做报酬，一车药材要卖50万，就给我们5万。

小吴说，这看起来是好事，但是我们不能做。你想想，天上不会掉大饼，凭什么有这么高的报酬？说不定这一车药材的来路有问题。我是不会做的，我劝你也不要做。

胡林听小吴说得有道理，就说，好吧，我让他自己去卖，这个忙我们帮不了。

蔡大成见胡林不愿帮忙，只好自己拿了一些药材到农贸市场去摸行情。

这一天，蔡大成在农贸市场转了一圈，没找到适合的买主，有点着急。当他走到农贸市场边上，忽然眼睛一亮，只见一间门面房上写着"收购中药材"，真是踏破铁鞋无处寻，得来全不费功夫。为慎重起见，他没有立即进去，而是提着包在门口转了一个圈。他看到店内的地上堆着一堆中药材，其中就有他要卖的药材，这才放心地走进店内。店内两个伙计迎上来说，你是不是有药材要卖？蔡大成就把包里的药材拿出来说，这种药材你们要吗？一个伙计看了一下说，要，你有多少？蔡大成说，有好几吨呢。另一个伙计说，那要请我们老板和你谈。说着就向里间叫道，王老板，有大买卖来了，你出来看一下。王老板应声从里面走了出来。蔡大成一见王老板，立即惊叫一声，转身就想往外跑。两个伙计堵住门，其中一人用枪指着他说，不许动！你被逮捕了。

原来两名伙计都是公安干警化装的，他们和王老板假装收购中药材，就是等待蔡大成来自投罗网。当然，还有一个行动小组，正在城关各宾馆排查，也很快查到了蔡大成的住宿处。

在审讯室里，刑警队长指着王老板问他，蔡大成，这个人你认识吗？

蔡大成额头上直冒冷汗，他知道一切都完了，便老老实实地交待了做案过程。

他万万没想到，王老板被他推下悬崖后，并没有被摔死，也没有被淹死，而是挂在中途的一棵树桩上。半夜里，王老板醒过来，顺着山岩爬上悬崖，等到天亮拦了一辆车，然后就住进了宁川县医院，同时向宁川县警方报了案。

审讯结束时，刑警队长幽默地说，蔡大成，你能把车开过鸡头岭，人却过不了，知道是什么原因吗？那就是你心中有一个贪字，那才是横在你面前的鸡头岭。

艳　遇

孟小芳

大刘在一家企业做业务员，常年走南闯北，坐这趟车到 B 城的车最多。一晃多少年了，有一宗事老让人佩服，他自个也常引以为豪——从来没被人掏过包。这或许算的上一个不大不小的"奇迹"。至于有什么"高招"，因为他向来秘不示人，自然也就无从知晓了。

这一日他又上了车，刚好有个座儿。过了一站，上来几个人，车厢内显得有点挤了。这时候，有人跟他打招呼，声音娇滴滴的："先生，能挤一挤吗？"大刘一抬头，见多识广的他两眼直发亮：好漂亮！瞅模样身材，看穿着打扮，甭说乡间"村姑儿"，就是一般的都市小姐，也赶不上个零头啊！给这样的佳丽让座，心甘情愿！他麻利儿地站起来："请坐！请坐！"

小姐一笑："不，挤挤就行了。挺远的，让你站着，我心里头也不忍啊！"

不光模样俊，心眼也好，真知道心疼人啊！他心里不由得痒痒的。

一股子香气熏得他晕乎乎的。那小姐身子紧贴着他，脸上堆满了媚人的笑，还不时有意无意用她那鼓胀胀的感人的部位碰撞他。一开始，他还真有些不好意思。转念又想：车上又没熟人，怕啥？反正吃亏的不是咱自个儿！想到这儿，他的手也不老实起来……

想不到她非但不恼，反而一口一声："大哥""大哥"叫的倍儿甜。这更令他乐不可支：那些花花绿绿的报纸杂志里常念叨"艳遇"两字，我这土包子今儿个也能享享"艳福"？

"大哥，我一看你是常出远门的主儿，一定有许多过人的地方。"

"哪里哪里！"虽然这么开头，但话匣子一打开，就关不上了。山南海北，人间天堂，一通胡吹乱侃。既显得见识多广，又透着机灵能干。

"大哥，你看我眼力不差吧，一眼就能看出你是个大能人！小妹我没见过什么世面，现在又这么乱，你能把怎么防备丢钱的窍门儿教给我吗？"

他刚一愣，那女的就撇起了嘴，一副生气的样子："哎呀，大哥，对小妹还保密吗？放心，不让你白教，下了车，我请你吃饭，再到 KTV 潇洒一把，还不行吗？"

"那……"他迟疑了一下，吞吞吐吐地说："你可别泄密啊……"

"哎呀，我的好大哥！这是咱俩人的事儿，我还告诉别人？你把小妹看的也太嫩点儿了吧！"

他凑近那女的耳根，紧贴着那张粉脸，蚊子哼哼似的耳语着……

"大哥，为了感谢你传授真经，小妹我先敬你一杯！不过，这车上只能以饮料代酒了……"

"好，我喝！我喝！"……

不知过了多久，他发现自个儿歪在了车站的卫生间附近。怎么回事？睡着了？那位"小妹"呢？哎呀，不好！随身带的公文包不见了，装在内裤兜里的那笔现款（数目不算太小）也没影儿了！

他明白了，那饮料里馋了东西！

"苍蝇不叮没缝的蛋！"在通向派出所的路上，他反反复复地念叨着，念叨着……

谁的母猪

舒仕明

　　村民张大权喂了一头黑母猪，长得油光水滑，肥头大耳，模样可掬。这黑母猪很争气的，为张大权下了 16 个胖嘟嘟的小猪崽不说，而且还奶水足，这让所有的小猪崽都长势良好。正遇猪价节节攀升的时期，张大权可高兴了，他反复盘算：一个多月后，这窝小猪崽足可以卖一万多元钱啦！

　　可人算不如天算。一天夜晚，黑母猪将猪圈的后墙拱了一个洞，离家出走了。这可急坏了张大权，黑母猪如果找不回来，损失两三千元不说，更重要的是那些猪崽没了娘，便直接没了奶吃，损失就更大了。他找啊找，到处都找遍了，就是没见黑母猪的踪影。万般无奈，张大权只得买奶粉、熬稀饭来喂小猪崽。好在那些小猪崽已经开始吃东西，不至于死亡。虽然张大权用心喂养，但没了母乳的小猪崽却骨瘦如柴，最终也没能卖多少钱，卖不出去的几头只好自己喂着。

　　两个月后，张大权听说邻村李大汉捡到一头猪，便赶忙去看看。这不看不知道，张大权一眼就认出是自己家走失的那头黑母猪，他想好好和李大汉交涉，可李大汉却说那猪是他喂的，没有商量的余地……双方为此各执一词，争得不可开交，连村干部也没办法。他们越闹越凶，甚至发展到拿着凶器对峙，由于害怕出大问题，村干部赶紧报了警。

　　来解决此问题的刘警官在详细了解情况后说道："要断定这头黑母猪是谁的，其实很简单，依靠现在的科学技术，只需要做一次 DNA 鉴定便可。"看着大家疑惑的目光，刘警官继续说道："就是做亲子鉴定，张大权家的小猪崽是不是这头黑母猪的亲生子就一目了然了。不过，在做鉴定之前，双方先各出 15000 元放在我这儿，因为鉴定费要 15000 元，等结果出来后，我将剩余的 15000 元归还黑母猪的主人，鉴定费就由不是黑母猪主人的那个人承担了……"村民们听了，无不连声叫好。可李大汉一听，顿时软了下来，他忙红着脸说："刘警官，不鉴定了，这猪是我两个月前在地里捡到的，既然是张大权的，就让他带回去吧！"

酒　煞

王　宽

　　血气方刚的"酒煞"身材魁梧，膀大腰圆，武功了得，曾获省武术比赛全能冠军，嗜酒，但量小，三两下肚，立显醉态。此时，谁若惹恼他，轻则皮肉受苦，重则伤筋动骨，故被人赠予绰号"酒煞"——酒醉后的凶煞。

　　七年前暑假的一天晚上，"酒煞"那位在省城读大学的妹妹和男朋友回家乡度假，被抢劫，并遭毒打。"酒煞"大怒，探得是"朱三疤"和"滚地痞"所为，立刻提起大刀登门，把二人弄成残疾。气是出了，仇也报了，"酒煞"却由于触犯刑律丢了工作，被判刑五年。

　　服刑期间，"酒煞"认真接受改造，立功受奖，减刑出狱。"酒煞"利用自己的特长，办起一所业余武术学校，招收学生八十名。

　　"五一"节大假，"酒煞"和他的一部分学生参加了义务保安队。

　　这天，"酒煞"和一个学生到一辆长途夜班客车担任保安任务，不巧，学生有急事告假，于是，"酒煞"身着便装，单独跟车。

　　车轮滚滚，凉风习习。午夜，旅客已纷纷入睡，坐在最后一排的"酒煞"也假装打盹。

　　突然，"酒煞"看见车厢里前排座位上站起三个人，鬼鬼祟祟搜索行李架。

　　"刘师傅，开灯！""酒煞"一声喊，驾驶员刷的一下开亮了车厢顶部的大灯。

　　"不准乱动！通通坐好！"三个歹徒一怔，拔出寒光闪闪的匕首，凶神恶煞地吼道。

　　"放下凶器！""酒煞"呼地站起，"我是义务保安员！"

　　"义务保安员算老几？少管闲事，免得挨刀子！"一个歹徒狞笑着扬了扬匕首。

"别拿刀子吓唬人，有种下车找个地方，老子陪你玩几招!""酒煞"使出激将法。

"妈的，敢顶撞老子!"

"下车去放倒他!"

"让他晓得哥们儿的厉害!"……

三个歹徒叫嚣着，和"酒煞"先后下了车。

"一对一不过瘾，一齐上!""酒煞"立住桩子，招招手。

"呀——"一声怪叫，三个歹徒猛扑上来，"酒煞"拳脚交加，身手敏捷，仅一会儿工夫，三个歹徒全被打趴在地。

围观的旅客发出一阵叫好声。

"酒煞"取出一付手铐，将两个歹徒拷在一起，又从驾驶员手中接过一根绳子，捆住另一个歹徒，这才冷笑着说："敢跟'酒煞'过招，你几个坏小子瞎了眼睛!"

"啊? 怪不得那么厉害，原来是'酒煞'!"歹徒们垂头丧气，叫苦不迭。

要赌就去局长家

王 宽

阳春三月，一个阳光灿烂的星期五上午，刘富贵和老哥们欧阳智勇在县公安局大门口不期而遇。

欧阳智勇见刘富贵一副闷闷不乐的样子，便关切地寻讯问刘富贵是不是犯了啥事，咋从公安局里出来。刘富贵苦笑着摇摇头，说倒也没啥大不了的事，只怪自己运气不好，昨晚在滨江茶坊打牌被抓住了，被处以三千元罚款，今天来公安局交钱，换回欠条。欧阳智勇点点头。刘富贵说好些日子没见欧阳智勇这个财神到滨江茶坊"放水"（向赌徒放高利贷），问欧阳智勇去了哪里发财。欧阳智勇嘿嘿一笑，说没去哪里发财，还是原来的老样子，让刘富贵稍等一下，他去去就来。

欧阳智勇进了县公安局，仅几分钟就出来了，一边走一边神密兮兮地告诉刘富贵，要想打牌不被抓，最安全最保险的地方就是去局长家赌。刘富贵诧异地问哪个局长这么神通广大。欧阳智勇狡黠地说这可是秘密，姑且称为 Y 局长吧！刘富贵问欧阳智勇该不是在开玩笑吧，欧阳智勇说，绝对没有开玩笑，他自己就在 Y 局长开设的家庭茶坊里"放水"，水钱利润40%交 Y 局长，他自己得60%。欧阳智勇又说，Y 局长开设的家庭茶坊每场每桌收 300 元至 700 元管理费，尽管比外面那些茶坊的管理费收得高，但牌友们用不着提心吊胆，百分之百安全，因此还是很划算的。当然，也不是随便哪个都能去 Y 局长开设的家庭茶坊打牌，必须进行资格审查，要有 Y 局长信得过的人作担保才行。刘富贵一听有这样好事，马上恳求欧阳智勇担保他。欧阳智勇爽快地答应后，说有些当官的、公安民警也都在那儿赌，其中不乏高手，赌注还下得蛮大呢！

第二天晚上，刘富贵经过欧阳智勇推荐到滨江新区 Y 局长开设的家庭茶坊，玩起了麻将，碰巧与前两天抓他的县公安局治安科范科长同桌。范科长接过刘富贵双手递给的云烟,笑哈哈地对刘富贵打趣道:老弟,真是不打不相识啊,你要是早点儿来,哥哥我那天也就不会"大水冲了龙王庙——一家人不认一家人啦!"

这天晚饭后,刘富贵兜里揣上三千块钞票,正准备晚饭后去家庭茶坊鏖战通宵,把头天晚上输掉的钱捞回来时,却接到了欧阳智勇的电话,说市公安局领导来县里检查禁赌工作,Y局长的家庭茶坊得暂时关闭几天,至于何时重新营业,另行电话通知。刘富贵暗自庆幸:咳,要是自己还在滨江茶坊里面赌,这次肯定又要遭殃了。

不经易间,大半年过去了,尽管县公安局多次出动大批警力,大张旗故地抓赌,赌徒们抓的抓,罚款的罚款,被搞得东躲西藏,胆颤心惊,可Y局长开设的家庭茶坊不仅从来没被检查过,而且Y局长又在高档住宅小区"滨江花园"里新买了一处面积近三百平米的豪宅,也办成了家庭茶坊。

过了好久,刘富贵才终于知道,Y局长原来就是副县长兼县公安局局长司马志宏。

这一天晚饭后,刘富贵喜滋滋地去到司马局长的家庭茶坊,准备大赌一场,谁知却吃了闭门羹,茶坊已经被市公安局查封。刘富贵情知不妙,赶紧拨打欧阳智勇的手机,却老是打不通。

后来,刘富贵经过多方打听,才知道原来县公安局有一位民警在司马局长开设的家庭茶坊里豪赌,欠下了近百万元水钱,走投无路之下,追悔莫及地向省公安厅纪委举报了司马局长聚众赌博、抽头渔利的罪恶勾当。这位民警的举报,引起了省公安厅领导的高度重视,立即抽调精兵强将组成专案组赶往滨江县全力侦查,没过多久,案件告破,司马局长被"双规",欧阳志宏也被抓了起来。

刘富贵感到非常失望,气极败坏地往地下狠狠啐了一口唾沫:他娘的,这省公安厅硬是六亲不认,连自己人也不肯放过!这下子,打牌真的找不到一个安全去处了……

慢一点儿就好

银开源

老崔自从农田被征后，就成了"土豪"，买了一辆本田小轿车，把生意交给老婆打理，自己成天开着车东跑西窜。不但如此，有时酒喝个七八分醉，还不满足，还要喝，一路上把车开得飞快，每小时一百公里还嫌慢。

儿子几次看到这种情况，就劝老崔：老爸，好日子刚开始，开车可得悠着点儿，我和老妈可全靠着您呢！老崔满不在乎地说：你老子开了一辈子的车，什么世面没见过？在这个小城市，有谁的技术比我好？！

老婆斜了一眼老崔，鄙视地说：就你牛，小心警察逮着，到时候有你受的！老崔吭吭了几声说：闭上你那个臭嘴，谁敢拦我的车！

一天，老崔兴致很高，就把车开到一百二十公里，飞也似的，他准备去找朋友一起去泡脚。可是没想到，刚开出不远，从马路斜对面跐出一个孩子，直向路对面奔去。刹车已经来不及，只好急转弯。这一转不要紧，就碰上了迎面开了的大货车，后面的车也追尾了。咣当一声，老崔就什么也不知道了。等老崔醒来，已是七天后的事了。

老崔睁开眼看到的是老婆孩子的苦脸。他问情况，老婆抽泣不停，问儿子，儿子使着性子说：车报废了是小事，人命可是大事啊！医院里躺着的不光是你一个人，还有三个司机呢！能不能活，只有天知道！家里能难出来的钱，都拿出来交医院了，你还问呢！

算老天有眼，没有出人命。三个司机经过抢救都脱离了危险，慢慢地都出院了，自己虽折了三根肋条，也没什么大碍了。

出院后，经交警大队处理，老崔赔付医疗费、营养费、误工费、护理费、修理费等一百三十二万，彻底成了穷光蛋。

站在交警大队的院子里，看着自己的爱车成了一堆废铁，不由自主地哀叹道：慢一点儿就好！

挪用的款子

余显斌

公安局进了石井组。一时间，石井组人，一张张冷着的脸，现在都露出了笑，像云破月来的一丝丝光线一样，干净，明亮。

石井人前段时间冷脸，是气不顺啊。

石井是个小组，窝在一个山沟里。这么小的村子，却茶叶遍山，一趟一趟儿的绿，像是水洗过一样，映绿村子，也映绿了声声山歌和欢笑。

这，是退耕还林的结果。

退耕还林，上面是给钱的，每家每户都有。可是，这次，石井人把钱领到手，私下一打听，和邻组的不一样，几乎每户都少了二百来块。

不用问，这钱让组长朱记挪用了。

石井人很生气，就去找朱记。朱记老婆说，朱记走了，打工去了。

"这还行，这不是贪污嘛?"石井人一个个气愤地说，唾沫星子喷得老高，泛着亮亮的光。

于是，石井人派出代表，拦一辆车，上县里把朱记告了。这个代表，就是石根。

于是，公安局就进村了。

大家想，这次，朱记算惨了，大概要坐黑屋吃牢饭的。

王婶站出来，滥充好人说，让他还了钱就算了，都是一个组的嘛。

五爷也点着头，喷口烟说，对哩，一个组哩。

石根不同意，眼睛一白说，不，绑上绳子。

石根生气，他生气是有原因的，这次竞选组长，算好是自己的，可是结果出来，竟让朱记得去了，因此一直顺不过气，腮帮子一鼓一鼓的，蛤蟆一样。

可是，公安局来了后，第二天就走了，走时开会告诉大家，人家开了欠条，放在老婆手中，说回来就还。

说完，公安局的人让朱记老婆拿了朱记走时留的欠条，一张张送到大家手中，并当场表决，朱记回来后一准还钱，不再拖欠。

大家都是左邻右舍，现在一听，都嘘口气，一个个接了欠条。

王婶拿了，五爷也拿了。

石根不愿意接，可又碍不过面子，他脸拉得老长，驴脸一样，告诉大家，自己的就不说了，自己哥哥石牛的，还不知咋整的。"我哥一个光棍，还供着一个读大学的儿子，朱记这家伙如果连他的也扣了，这德就缺大了。"

大家听了，也都点头长叹，好在石牛也出去打工了，大家只有不了了之。

下半年年底，石牛回来，一家一家还钱，一家一家感谢。

原来，朱记挪用那钱，不是自己花了，是借给石牛用了。石牛儿子上大学，拿不出一分钱，家里穷，也借不来。朱记知道了，宽解他说："这是我们组考出去的第一个大学生，是好事，我想办法。"

于是，他就想了那么个办法。

一组人知道了，都低下了头，其中，石根头低得更厉害。

可是，朱记回来时，仍去了公安局，被拘留了。大家急了，去保朱记，公安局长解释，他虽做好事，可是，不能暗地扣下大家的退耕环林款，是没有征得别人同意的，是违法的，这就叫"理是理，法是法"。

不过，局长安慰说，可以根据情况减轻处罚，拘留几天罢了。

一村人听了，都叹息着。

赌 棍

张家喜

李俊康本是一个头脑相当灵活的好后生，十年前，在父母留下的两间的土砖房里，娶了全乡数一数二的大美人为妻蜜月还没过完，小俩口就在乡信用社贷款两万元，做起了柑子贩运生意。妻子在家收柑子，李俊康押车上广州、进上海，生意红红火火。冬天妻子在家收冬笋，李俊康押车跑杭州；春、夏两季又收本地的冷水鱼送广州、深圳。四五年下来，除还清了贷款，还在墟上建了一栋全乡首屈一指的大楼房，第一层是四间大门面，除留下一间门面和二楼自用外，另外三间与三、四、五层全部租出去了，一个月也有二三千块钱的租金，再加上信用社那本折子上还留有十多万元的余额，对于这个只有一个女儿的三口之家，日子很让人羡慕。

他也记不清是哪一次送货时，对方老板在招待他吃完饭晚后，邀他打麻将，从来没打过的他，不好推脱，只得硬着头皮上。说来也怪，一坐上牌桌，手气好得出奇，一夜下来，他竟赢了三千多块钱。

回到家里，他把这事告诉了妻子，妻子脸上没有半点喜色，反而严肃地说：我们还是花自己劳动赚的血汗钱心安理得。那赌博的钱，不是我们这些人能赚的，以后不要再做这些事了。他不以为然，常背着妻子找人赌，虽然一次只是输个三五百，但也经不住日复一日地积累，没出一个月，妻子就发现存折上少了两万来块钱。问他是怎么回事，他编出一些理由搪塞妻子。妻子不放心地交待：你千万不要去赌了！他古作正经地说：我哪能呢！

李俊康总想找回那次赢三千多块钱的感觉，可运气总像是与他作对一样，每次都是气壮如牛地上牌桌，两手空空地下牌桌。有时送一车货出去，二万来块钱的成本全输光，回来的车费都要向人家借。十多万的存折，经不起他一万两万地往外甩，很快就折腾空了字。妻子跟他吵，他总是不理，心里总是盘算着怎样捞回。妻子没有办法，只得以带着孩子回娘相要挟。

妻子一走正中下怀，他一次就将三套房卖掉，作为实施捞回计划的本钱，可只用了一个星期，就被开着车子慕名而来的三个城里大富豪掏了个精光。这时，已经失去理智的他，索性拿起自己的几件衣物回到了农村的旧土砖房里，把自己的那套住房和四间门面一次卖掉，到县城宾馆开了一间房，在那里摆开了战场，一天还没赌完，就被公安来了个一锅端，赌资全部收缴，还在拘留所里吃了一个星期的钵子饭。

从拘留所出来，李俊康清醒了一些，他来到岳母家，一脸羞愧地对妻子说：再给我一次机会吧。妻子以从来没有过的强硬口气说：我给你的机会是在离婚书上签字，说着便拖着他来到乡政府民政所。他在妻子带着女儿净身走人的离婚协议书上签了字。

他无话可说，独自叹气：惨啊！是赌博，害得我一夜倒退了二十年。

金盆洗手

张家喜

　　老左是赌圣的代名词，至于他姓什么，家住何方，谁也说不清楚。除了他每局少于五十万不赌而叫人刮目相看外，他还有任对手确定赌博方式的气派。掷骰子、搓麻将、斗牛、打贡牌等，他像一位全能运动员般都可以自如应对。再就是他在一个地方最多不超过赌三场，赌完就走，像一个来无影去无踪的幽灵，而人们听到的只是雁过留声而已。

　　老左发迹以后来了个金盆洗手，在省城购了几家大旺铺，雇请了百多号人手，做起了土特产生意。

　　这天上午，老左刚到办公室，门卫就领着一个年轻人进来说：老板，这位叫林茂的年轻人要与我们做土特产生意。

　　老左一看年轻人非常眼熟，又一时间回忆不起在哪见过。他想从慢慢谈话中找到突破口，于是说：小伙子，你有什么土特产？

　　林茂说：我们是个林区县，我们那里有香菇、木耳、冬笋、板栗、柑橘，我想与左老板建立长期的供货关系。

　　老左说：你是哪个县的？

　　林茂说：我是兴林县的。

　　老左虽然是在四五年前去过一次，但是在大脑中的印象非常深刻。在那里，他跟一位姓林的建筑老板赌了两局。第一局，他赢了林老板二百万；第二天，林老板提着转让所有工地和自己房产得到的三百万，又开始了第二次赌局。可林老板运气与技术太差，又输了。对于老左来说这很平常。可没隔多久，他听说这位林老板与妻子离了婚。自己跳楼自杀，人倒是没死，却留下了终身残疾。老左后来一直想找林老板退还这五百万，可总没腾出工夫。而这位林茂像是与林老板一个模子刻出来的，难道他就是林老板的儿子？老左试探着问：小伙子这么精神，父母身体一定非常好？

林茂坦率地说：左老板，实不相瞒，四年前父亲与外面来的一位所谓"赌圣"相遇，两个晚上就输光了全部家产五百万。随后父母离了婚，父亲自杀未遂残了一条腿。现在母亲跟着我，父亲一个人住在乡下。

老左沉默了一会儿，说：在保证质量的情况下，我可以跟你建立供求关系。

林茂说：谢谢左老板。

老左说：而且你们县的所有土特产品，我只跟你一个人交易。

林茂说：谢谢左老板，把这生意做大，是我求之不得的事，只是资金....

老左连忙说：资金不是问题，只是你必须答应我两个条件。

林茂说：林老板请讲。

老左严肃地说：第一，你不准赌博，第二，劝说你父母亲复婚，把你父亲接回来一起过日子。

林茂说：林老板请放心，我一定做到。

老左说：我今天就给你账上打五百万做本钱，你做好了，就算是我送给你的；没做好，除了全部收回这五百万外，还要按每年百分之十收取利息。

林茂不知所措地说：谢谢....

这或许是一个赌徒的最好的忏悔，也或许是一个赌棍的金盆洗手的方式。

线　索

张勤光

　　上课铃响过不久，没有课的周慧老师正坐在办公桌前改作业，门卫老张领着一个三十来岁的胖女人走进语文办公室，指着周慧说："这位就是周慧，看是不是你要找的人。"

　　"是她！就是她！"胖女人定睛一打量周慧，立刻横眉怒目地叫了起来，"我总算找到你了！"

　　周慧见胖女人一副来者不善的势头，不禁一愣，忙放下手头的工作，问道："你是谁？找我干什么？"

　　"你这臭婊子、狐狸精！你勾引我丈夫，破坏我的家庭，你说我找你干什么？"胖女人破口大骂。

　　"你是不是搞错了？我根本不认识你……"周慧镇定下来后，理智地对胖女人说。

　　"你不认识我，难道也不认识孙怀彦？啊？"

　　"孙怀彦？"周慧皱眉思索着，终于摇摇头："也不晓得……"

　　胖女人立刻冲上来，"啪"一声，将一样东西拍在办公桌上，吼道："你别装蒜！这就是证据！大家都来看看。"几个教师果然围过来看，一张五寸的彩照，上面漂亮的姑娘正是周慧，照片背面还写着三个纽扣般大小的钢笔字："赠我爱！"下面是一行小字："周慧摄于西庙乡中学。"

　　一见照片，周慧顿时睁大了眼睛，俊秀的面孔上闪现出十分复杂的表情：有惊讶，有屈辱，有愤怒，还似有兴奋。但这一切转变间又消失了，她继而露出可怜巴巴的样子，恳求地对胖女人说："咱们别在这大吵大嚷了，另找个地方好好谈谈行不行？"

　　"可以！"胖女人目的不是来打架，见对方态度软下来，便爽快地答应了，

"你说上哪儿就上哪儿！"

周慧把胖女人领到自己的宿舍里，掩上房门，跟胖女人面对面坐下，赔着小心悄声说："你有什么要求和条件请提出来，我尽量从命！只求你为我保密；我还年轻，又是教师，不能不为自己的前途着想。"

"好，你真是个明白人！"胖女人高兴起来，大声地说："我的要求很简单：一、跟我丈夫断绝关系，永不再来往；二、赔偿我精神损失费10000元。"胖女人很干脆地脱口而出。

周慧犹豫了一会儿，终于回答："现在我的卡里就5000块钱，你看你是不是让我一码。要是行的话就这样。其他的，我全答应！"胖女人说："看你也是个爽快人，那就这样吧！"周惠说："你先在这等一会儿，我去邮政银行取钱，马上交给你。怎么样？"说着站起身来。

胖女人内心高兴，没料到事情这么顺利，连连点头"好好好，我等着，我等着！"

大约过了半个多小时，周慧返了回来，身后还跟着两个西装革履、气宇轩昂的中年男子。她拍拍鼓囊囊的衣兜，说："钱都凑齐了。但这不是一件小事，我想在交给你以前，再见你丈夫一面，把一切讲清，作个了断，永绝后患。为此，我还特地找了两个见证人。"她指指那两个男子，"你如果同意，就跟我们一块去找你丈夫。行不行？"

胖女人思索片刻，觉得这样做更彻底，便点头答应，当即起身跟随他们三人走出屋子。

学校大门口等候着一辆黑色"现代"，待四人钻进车内，便按胖女人指点的方向前奔去。弯弯曲曲行驶了20多里，来到一个掩映在庄稼丛里的养鸡场前。胖女人说："这是我们家的养鸡场，我丈夫就在这里。"于是四人都跳下了车，由胖女人带着拐进养鸡场后院。胖女人冲一个房间喊："怀彦，有人来啦！"

一个阔面鹰鼻的矮胖男子闻声从门口掀帘探头出来。周慧一瞧，随即对着那两个男子说："就是他！"两名男子立刻纵身扑过去，将孙怀彦揪了出来。一个男子说："我们是警察，已找你多时了！"说着亮出证件。另一个掏出一副锃亮的手铐，"咔喳"铐住了孙怀彦的双手。

孙怀彦还欲抗议，一看见站在旁边怒目而视的周慧，顿时就垂下了头。

胖女人目瞪口呆地望着这突变的一幕，困惑不解地问周慧："这……这是怎么回事？"

　　周慧愤愤地说:"两周前的一天黄昏,我骑着自行车抄近路回家,路过一片玉米地时,遭到一个男人的突然袭击。他抢劫了我身上所有的钱物,包括那张准备送给我男友的照片。我向公安局报了案,但除了现场的脚印之外,再找不到别的线索,案子只好悬了起来。没想到今天你竟然带着我的照片把'线索'送上门来。为了稳住你,我借口取钱,实则是向公安局打电话报告情况,公安局当即派这两位警察着便衣驱车前来,利用你顺藤摸瓜,来找你的丈夫,结果你丈夫果然就是那个坏蛋⋯⋯现在你明白了吧?"

　　胖女人与孙怀彦听罢,不由得同时重重"唉"了一声,瘫在了地上。

交　锋

张馨文

当城关税务分局周局长跨进王家院门的时候，王三正躺在一张竹椅上，闭眼打瞌睡。

周局长咳嗽了两声。王三睁开眼皮，斜睨了一眼，才满脸堆笑地起身，寒喧、让座、端茶。

周局长坐下来，掏出工作证让王三看了看，又递过《限期缴税通知书》。

王三冷笑："周大所长，搞错了吧。你别听风就是雨，听外面的人瞎造谣。别人说我一年挣几十万，你们税务局就过来向我要税。这说大话的不怕闪了舌头，你们就不怕这手伸得不明不白？"

周局长笑了："没凭没据的，我们税务局的人能三番五次地来催你交税么？"说着，他从随身带的公文包里拿出几张复印件让王三看，解释说："这是我们在查处一批偷漏税案件中，意外截获的证据。根据你跟一家炼铁厂签定的运输协议和合同金额，扣除工资、油费、固定资产折旧、养路、保险等各种费用，我们算出你从炼铁厂赚取的最低纯收入是六万元。你跟人合伙办一个废品收购站和一个大酒店，按照分红协议，你一次性拿了十五万……"

王三脸上的神情不自然起来："其实，我也很不容易，这几年，风里来，雨里去，挣的钱多，吃的苦也多。现在还有很多困难，别人都看不出来……"

周局长适时插话："人活着，谁容易？你的困难，我们也能理解，但不管什么原因，国家的税钱不能不交。"

王三嘿嘿笑了两下："国家的税钱，对个体户来说，交不交，还不是你周局长一句话。"他转身进屋，再回到原座位时，将厚厚的一沓钱推到周局长面前的石桌上："亏了国家，也不能亏了个人。这两千块钱你先拿着，以后遇到什么困难，尽管向我开口。跟我打交道的人，哪个不知道我最讲义气？"

周局长笑笑："你想让我犯错误，我可真还没这个胆。拿着公家的俸禄，干个人的买卖，我良心上也不安。王老板，这钱给我，我绝不会要。倒不如把税钱一分不少地交了好。这样，你放心，我也放心。"

王三紧盯着周局长的脸："没有讨价还价的余地？"

周局长轻轻摇了摇头："法律不是街头的白菜，可以商量着买卖。"

王三不耐烦地站起来，狠狠朝地上吐了一口痰："你来之前，就没打听打听，这方圆十里地的，我王三是那么好欺负的？"

周局长神色依然，语气不卑不亢："我跟你说一件去年发生在邻县的事。有个个体户不想交税，对来催税的税务干部先是骂，随后大打出手。结果，这人被法院判了三年刑。这人在监狱里后悔莫及，有这三年时间，他赚的钱是应该缴的税款的几百倍，这还不算，连家里老婆孩子都得跟着他受委屈。所以当我遇到一些脾气不好的人时，常常拿这件事开导他们，交了税，就是在为国家做贡献，不仅是件光荣事，咱自己平常经商做事，也会心和气顺，理直气壮。如果偷税抗税，那可是得不偿失。"

王三瞅了周局长半晌，吁了口气："老将出马，一个顶仨。我算是服你气了。明天我就上你们所里交税去！"

周局长起身走近王三，拍了拍他的肩膀："王老板真是个痛快人。说实话，我还想请你再帮个忙。"

王三皱了皱眉："你们税务干部真是得了便宜又卖乖。什么忙？"

周局长拿出一张印有"廉政监督卡"字样的卡片，微笑着解释："我们想请你当义务监督员。不管是我，还是地税局的其他干部下来检查，只要你发现有违法违纪行为的，就把情况写在这张卡片上，直接寄到我们局里。我们局里会把处理结果向社会公布。"

王三不客气地接过卡，嘴角勉强露出几分笑意，握了握周局长的手："这差事我可不能不干！这监督权要丢了，我可就赔大了。"

周局长出门后，王三将他送出老远才返回。

不挣缺德的钱

赵 亚 欣

今年已经 66 岁高龄的原为化学老师退休的王叔是我的老邻居,他退休后一直闲居在家。忽一日,王叔兴奋地告诉我和他一直有隔阂的小儿子已经和他化解了矛盾,并且邀他去小儿子经营的火锅店里帮忙,他小儿子和儿媳妇懂事啊,还要给他每月发 1000 元的工资!"我去帮帮忙,就图个锻炼身体,我在那里白吃白喝就知足了,哪能要他们的钱呢?"这是王叔发自肺腑之言。

王叔满怀喜悦地走了,我由衷地为王叔父子和好又有了新工作而感到高兴!可是好景不长,也就是半个月王叔就回来了,我闻讯后叩开了他的家门,才半个月不见,王叔又黑又瘦,脸上全是胡碴子……

"王叔!你怎么这么快就回来了?是不是回来取几件衣服还走啊?"

对我的问话,王叔报以愁苦的微笑做答,屋里的空气仿佛凝固了一般。"莫非是他们给你气受,不孝顺啊?……"

王叔摇摇头,从兜里摸出一张写满了字的纸:"你看看吧!"

我接过纸来仔细地看着,纸上是王叔写的字:罪恶化学添加剂,麻辣 5号、HD－6 增香剂、火锅飘香剂、辣椒精油、满街香、飘香灭活罂粟籽……

"你写这些是什么意思呢?"我不解地看着王叔。

王叔站起身在屋里转了一圈,"你呀!真成隐居在桃花源里的人了,不知有汉无论魏晋啊!就是这些有毒化学添加剂要毁掉我们民族几代人呢!"

看着我吃惊的表情,王叔细细道来。原来王叔在去了小儿子的火锅店以后发现了大问题,一锅白开水,儿子往里面加几滴上述的化学香精,马上白开水就变成了香飘四溢的特色火锅,其中有牛羊肉味的、鱼虾海鲜味的、麻辣味和咖喱味的!总之有几十种味道由食客随意挑选!王叔是搞化学的出身,他深知这些化学调味品的厉害,那里面不仅掺有剧毒的吊白块、双氧水、敌敌畏还有很多其他有害成分！为此王叔和儿子儿媳展开了面对面的交锋。儿子儿媳指着他的鼻子问他说，很多火锅店都是这样干的！你管的了吗？管的过来吗？再说，不用这些人工假辅料，都用真料，那火锅店每天就会增加几百元的成本费，这个钱谁出啊？本来火锅店就是本小利薄，这样干火锅店就得赔死啊！王叔表示别的火锅店的事自己管不了，自己只能管自己的儿子！在撕破脸剧烈地争吵后，王叔就辞工回来了。

看着王叔一脸的正气，我不禁问道，那些化学人工火锅香精长期食用会有什么不良后果？王叔眼睛瞪得很圆道，"不得了啊！可以致癌致残，……还可以引发精神异常！"

"啊？有这么严重啊？"看到我的不解，王叔摇着头叹着气："以后你可别轻易去火锅店吃火锅，一定要小心啊！现在很多交通事故都是酒后驾车引起的，殊不知吃这类有化学毒药的火锅，时间长了也会使人精神错乱，这时驾车上路也会造成交通事故的！……"

看着王叔痛心疾首的样子，我一时不知该怎样安慰他才好，无疑我对这个正气凛然的老人油然而生深深的敬意。后来王叔举报了自己的儿子，他儿子儿媳在接受了法律的制裁后，已经有了深深的悔意。现在父子已经和好如初。

换手段解纠纷

诸葛清溪

　　我在外地工作,离家较远,平时回家较少,大多是通过电话与家里联系。有一天,我正在单位上班,父亲打来电话说:"昨天我和你二叔因为自留山的划分问题吵了一架,吵得很凶,你二叔说准备找人揍我。"电话里父亲还说了很多,但辨不清谁是谁非,可我感觉父亲的意思是让我想点办法。

　　自留山的管理权,在包产到户之前属父亲和二叔共同管理和使用,现在因分配不均二人产生分歧。原来我们家六口人,二叔家三口人,整个按九人划分。现在,二叔认为我们家只有三人在家务农,与他们家三口人是平等的,应该以户划分,不应你多我少。

　　我知道父亲的脾气素来急躁,就说:"爸,现在是法治社会,不能靠拳脚来解决问题。"他一听就有些不耐烦,叫我别再说了。看来,这方法对他没用。

　　过了几天,父亲又来电话:"自留山的事没有摆平,新问题又来了。"我一听心里直打鼓,连问咋回事,父亲说:"我和你二叔因堂屋问题又吵架了,我准备揍你二叔,到时候万一把他弄得哪儿不合适,就算坐班房我也豁出去了。"他还问我把人打伤要判几年刑。

　　我赶紧说:"你这次无论如何也得听我的,不能急。"父亲说:"你快讲,废话少说。"我告诉他,打人是要负刑事责任的,打伤了还得承担损害赔偿责任,兄弟之间的事还是和解为好。自留山和堂屋都属《民法通则》调整的范畴,但里面还涉及到《继承法》的有关法条,一时半会儿在电话里很难说清楚,于是,我就把有关《民法通则》和《继承法》的法律知识及解决中需要的相关证据给父亲寄了回去,希望他和二叔能通过法律途径解决纠纷。

　　两个月后,父亲来信说:"我与你二叔的纠纷是用法律手段解决的,大家都没啥异议。近些日子，我们的关系在逐渐好转。"据说从那以后，父亲有空儿就给亲戚朋友讲他学到的一点法律知识。后来父亲对法律知识越来越有兴趣，村子里发生什么事，他总会打电话向我咨询。

现在，我再也不为父亲的急躁脾气担心了，因为他已经学会了用法律手段处理纠纷。

迟到的告示

玫昆仑

马家湾村的马文松从小被父亲过继给他的二伯，家境好的二伯供他读书到初二时，文松的亲生三哥四哥不幸戏水溺亡，已生了两个儿子的二伯决定把文松还给他的父母，但仍然供他读完初中。

初中毕业后，马文松被三舅带到广东打工。经过 12 年的打拼，文松回家乡盖了楼房结了婚。之后，他和爱人小娟又出去打工。18 年后，由于父母多病，积攒了几十万元的他和小娟回家照顾父母。

马文松回家乡后，一边种田，一边盘算着干些什么。可是在丘陵地带，就是金锹也挖不出银子来。不过，一年来，他经常看到屋前屋后到处都是废品，于是，他决定做废品回收业务，成立了闻名方圆 20 里的文松废品回收站。

回收站成立后，村民们原来乱扔乱丢的废纸盒、废铁铜等都卖给马文松，生意好得头两年都能赚 2 万多元。第三年他买了一辆农用三轮车，到各家各户收购废品，生意一年比一年好，仅第五年就赚了三万多元。这主要是因为收购的废品中有许多井盖、电线、电缆，又重又值钱。

由于收购的井盖、电线、电缆越来越多，马文松产生了怀疑。有一次，他问卖井盖、电缆的喜娃，这些废品是怎么来的，喜娃说："是城里的亲戚送的，这些放在他家里既占地方也不卫生，更卖不了几个钱，就送给我了。"文松一想也是，城里人穿过的衣服还不是送给乡下的亲戚穿，可能是自己多心了。

回收站经营到第六年的 6 月份，马文松正在村里收购废品，有个村民告诉他："你二伯的孙子华华掉到井里了，差点没命了。"他连忙赶到二伯家，才知道那个井的盖子没了。他问二伯井怎么没盖了，二伯说："肯定是别人偷去卖了，真缺德。"

回家的路上，马文松想，说不定喜娃卖的那些井盖、电缆都是偷的。要知道，二伯既供自己读书，也资助自己打工，无论怎么说，也不能让别人偷井盖害了二伯。于是，他想今后不再收井盖了。回家后，他把这个想法告诉给小娟，小娟讥笑说："你真是白痴的葫芦——傻瓜一个。你不收井盖，别人还不是照样收！"文松一听，"是啊，自己别做傻瓜。"

马文松这么一想，照样收购井盖、电线、电缆。3个月后，村民刘愚急匆匆地跑到文松家对他说："马老板，你的手机和固定电话都坏了？""手机坏了，固定电话是好的啊。""好个鬼，你大哥打了半天都打不通，急死人了，叫我来通知你，你妈突然发病了，要你赶到人民医院看看。"文松连忙赶到医院，母亲已被抢救过来了，没事了。他回家时顺路到电信管理站问了问固定电话打不通的事。电信人员告诉他，他们村的电话线前几天被人偷了。文松想，井盖被偷，电线也被偷，要是母亲真没被抢救过来，自己连母亲最后一面也见不着，这偷电线真是害人。"看来，这井盖、电线收不得，收了就是帮别人害人"。但他掐指一算，如果真不收了，每年起码要少3000元收入。正在犹豫时，当晚，文松从县电视台看到一则报道说："一些人把偷来的井盖、电线、电缆运到乡下卖，而收购被偷的井盖、电线、电缆是违法行为……"于是，他铁心了。

第二天，文松废品回收站门口贴了一张"迟到的告示"：

"尊敬的乡亲，由于收购被偷的井盖、电线、电缆是违法行为，本店决定，从今天起停止收购！"

出庭作证

李福成

晚上七点多钟，王福下班骑自行车回家，在十花路口被刘权骑摩托车从后面撞上，王福当场被撞昏……

刘权不去扶王福，只顾扶起摩托车往路右边立车，嘟囔道，哎呀，把我的摩托车灯都撞碎了……

这时一辆拉煤车急促鸣笛，将王福惊醒。他忙站起觉得左胳膊肘疼痛，路灯车灯照得一片明亮，他见左胳膊肘未有淌血现象就靠路左边站了站，让拉煤车开了过去。

村民和矿工有五、六人将王福的变形自行车抬到路边，王福不认识他们，于是拿眼看见刘权在路右边扶着摩托车与井口安监员刘吉说着话。

刘吉也是刚下班，骑摩托车赶班。刘吉骑着摩托一脚踏地，扭头看着王福，问，那位伙计你有事吗？

王福对刘吉和刘权皆眼花面熟，但三人互不知姓名叫什么。王福没吱声。

刘吉又问，你是综采二队的职工吧，这位骑摩托车赶班的伙计是综掘一队的职工，你俩都是咱们矿上的职工，有话好说。如果你没什么事的话，那就各自走开吧。

王福小声说，没事，但我胳膊疼。

刘吉说，没事的话，那我先走了。发动摩托骑着走了。

刘权推着摩托车去路边一家维修摩托车店里修摩托……

王福回家对妻子说了被撞经过，只觉左胳膊肘疼痛难当就去矿医院了。拍片检查诊断为：左桡骨粉碎性骨折，需到公司总医院治疗。

当下王福哭着给区队值班人打了电话，又给矿保卫科打了电话……

翌晨，区队派来陪护人陪着王福去了公司总医院，做磁共振检查诊为：左桡骨粉碎性骨折。医生说，需做手术，一次性用钉固定左桡骨手术费两千多元，打石膏三月后拆膏；住院打针吃药一共得花三千多元吧。

王福听了哇地一声哭了，忙给市 122 报了警；然后叫妻子李丽回矿找刘权……

王福术后三天，刘权和妻子提一箱酸奶来医院看王福。王福打着吊针说，你叫刘权？你骑摩托车撞了我，把我左桡骨撞粉碎性骨折，得花三千多元手术费治疗，你得赔偿我手术治疗费和三个月的误工费！

什么？刘权说你当时说了没事？谁知你……刘权的妻子争辩。

没你的事！王福气愤道。

刘权站在门口说，安监员刘吉问你，你当时说没事，大家就各自走开了，谁知你后来怎么弄的?！我不赔偿你手术费！

你……我向交警队告你去？

你告去吧。刘权和妻子转身就走……

刘权住在距矿二十里外的马平川市里，天天骑摩托车赶班。刘权的邻居刘大浩是马平川市人民法院副院长，刘权买了 500 多元的礼物送给了马副院长家……

王福去市交警大队递了交通事故当事人材料，请专家做了伤残鉴定。后来，双方去市交警大队签订交通事故认定书时，王福和刘权发生争执未达成协议，刘权不签名而走。

王福拿着签了自己名的交通事故认定书，花一千元请了一位法律工作者，在市法院立了案。

王福出院后，打着石膏去矿找现场证明人刘吉。

刘吉说，你请我的客，我也不能给你去法院当证明人。因半月前刘权来找我说了，如果我给你作证，他就找人害我的命……

无奈，王福哭着走了。

十月里一天开庭，刘权请了两位律师出庭，刘权未到庭，刘吉也未到庭，但官司刘权打赢了。

败了诉的王福回矿找到刘吉，扑通跪地给刘吉磕了三个响头，哭道，刘权的邻居是马副院……我没有现场证明人给我出庭作证，那我就是打一辈子官司也不会打赢的。只有你能救我，出庭当我的证明人，方能打赢官司。否则，我三个月的误工费、住院治疗费、立案诉讼费、请律师费等等，没人赔偿我——我不活了，我不要命了！王福哭着起身往墙上撞，头皮就撞破了，鲜红的血流出了，还欲再往墙上撞，却被妻子和刘吉抱住不撒手。

刘吉喘着气说，看你怪可怜的，打着石膏——不要命了？为了你的妻子和孩子也得要命呀！唉，救人一命，胜造七级浮屠。我、我救你，我当你的证明人！

王福的妻子问，那、那你不怕刘权害你吗？

王福坐在井口候罐室的连椅上，刘吉拿毛巾给王福包着头，思忖后说，我觉得法律是神圣的，我信仰法律，相信法治社会，法治平等；我愿意出庭作证，出庭作证是我的权利。我要在法庭上给审判长说，因我给王福作证人，刘权曾威胁我说，如果我作证，就找人害我的命。如果今后我被人害了，罪魁祸首就是刘权。请给我备案，这是我当证明人的一个请求和权力。你们看我这样说，怎么样？

王福高兴了，笑道，嘿嘿，还是刘吉知法、懂法、用法啊。听你这么一说，我们就要拿起法律的武器再与刘权争胜败！

这时候，王福妻子掏出两千元钱递给刘吉，含泪说，我看你当一个证明人也不容易，这点钱你拿上，给你妻子和孩子买点东西吃吧，算是我和王福的一点心意！

我不要钱。刘吉摆手。

给他掖进布兜里，他要是再掏出钱来，我就撞墙不活了……王福站起身子。

王福妻子一下子将钱掖进刘吉的上身布兜里，刘吉拿眼看着王福，急促地说，我、我真拿你王福没办法——好吧，那我就把钱收下了。不过，你得马上去医院包扎头去。否则……

好吧，我去医院。王福说毕，就和妻子去了医院。

三天后，王福拿着刘吉签字画押的证明材料去市法院，再度立案。开庭之日，刘吉果然出庭作证，慷慨陈词，义愤填膺地诉说一番交通事故现场目击过程，最后签名按了手印……

二 毛

王 俊

　　话说这二毛姓刘，由于小时候头发长得稀稀落落的，故被爹娘取了个"二毛"的绰号。这小子有点能耐，办了一个小厂，做了个小老板，生产化工原料。这小子忒精明，油嘴滑舌，会打小算盘，会钻小空子，视法律法规如儿戏。他常常摸着额头，得意地说："法律有什么用？那是条条框框，死的，难道活人会被死的箍住？"因而，他常常违法，偷偷排污，一年能赚上二十多万，小日子过得蛮滋润，整天打扮得很时髦，头发涂了油，苍蝇也停不住，满脸油光灿灿，一副得意的模样。

　　这一天，二毛在办公室翘着二郎腿，一边修着指甲，一边哼着歌："妹妹你大胆地往前走，往前走啊……"还不时地将快要滴油的头发往后捋捋。

　　这时，打扮得花枝招展的女秘书慌慌张张地冲了进来，尖声喊："老板，不好了，环境监察执法大队的人来了！"

　　这小子头也不抬，不耐烦地说："慌什么，有什么好慌的，不就是几个执法大队的人来么，有什么好怕的！"

　　秘书小姐悄声说："我们这几天不是夜里偷排污了么，不会是为这个而来的吧！"

　　二毛抬头瞪眼看了看秘书小姐，狠狠地说："说我们偷排污，有证据么？我们排污了，拿出证据来呀！这世界是讲理的，没证据可以处罚吗？"

　　这时，办公室里进来了三位环境监察大队的执法监察员，那上岗胸牌在他们的胸前晃动着，亮亮的，十分耀眼。

　　一个高个子执法员礼貌地说："刘厂长，有民众投诉，看见贵厂夜里偷偷排污，污染环境。根据环境保护法规定，这是违法的事情！我们来监察执法，请您配合！"

二毛狡猾地说："好啊，热烈欢迎同志哥来我厂执法检查！我厂可是个守法企业，严格执行环境保护法的要求，从不做偷偷排污之事，做污染环境的犯罪之事！李秘书，陪同志哥们去检查一下，若有偷偷排污之事，我们甘愿受罚，千刀万剐！"

过了不久，秘书小姐陪着环境监察执法人员回来了，二毛得意地说："我厂偷偷排污了吗？真是胡说八道，我可是守法公民，我厂可是守法企业。人家说我厂夜里偷偷排污，你们就信了，要是人家举报我杀人了，你们也信？凡事要有证据！我们国家可是正在建设法治社会哦！"说完，双手捋捋稀疏的头发，发出嘿嘿的笑声，如一头狐狸一般。

三位执法员宣传了一下环境保护的法规后就走了。

二毛神气活现地对秘书小姐说："怎么样？光彩吧！这就是本事！你好好跟我学学！关照车间，今晚排污在后半夜进行，还要派人在道口看守着，小心一点，别留下了证据！"

秘书小姐佩服地点点头，屁颠屁颠地走了。二毛又翘起了二郎腿，修起了指甲，哼起了"妹妹你大胆地往前走……"

第二天，二毛这小子午休起床后，坐在办公室，哼着"妹妹你大胆地往前走"的歌曲，对着镜子用镊子拔起了额头上的头发来了，一根接一根，这小子想有一个宽亮的额头，有个好福气。经过一阵细心的忙碌，二毛的额头油亮了许多。

这时候，秘书小姐又慌慌张张地闯了进来，连鞋子也跑掉了一只，大声喊着："老板啊，不好了，环境监察执法大队的人又来了！"

二毛眯起眼睛，看了看秘书小姐，大声呵斥："有什么好怕的，他们有证据吗？真是的，像遇上了鬼似的！"

秘书小姐吓得不响了，低头站在了一旁。这时昨天的那三个环境监察执法人员走进了办公室。

二毛笑了，对他们刻薄地说："是不是又接到民众的投诉了，说我厂子夜里偷偷排污了？真是的，你们是拿了纳税人的钱没事做吧！"

高个子执法员严厉地说："刘老板，你知法犯法，偷偷排污，严重污染环境，还不知悔过！"

二毛这小子火了，厉声说："什么知法犯法，你拿出证据来！给我戴高帽子，你们还嫩着呢！"

环境监察执法员拿出了一盘监控录像带，当着二毛的面播放了，二毛一看，脸发绿了，腿肚子打颤了，用发抖的声音连忙说："我知罪，求求你们饶了我吧，我今后再也不敢了！求求你们行行好，饶了我吧！"

原来，录像里播放的是二毛厂里排污口后半夜偷偷排污的情景。昨天执法员离开后，就悄悄地去了二毛厂子的排污口，在小河对面的一户人家的屋檐口安装了监控设备，录下了证据！真可谓是魔高一尺，道高一丈。二毛这个不法分子哪能斗得过神机妙算的环境监察执法大队的人员？

在事实面前，二毛低下了头，受到了环境监察执法大队严厉的处罚，一是停产整顿，二是罚款 20 万元，受到了法律的严惩。

二毛这小子如泄了气的皮球——瘪了，才知道法律法规不是好惹的，违反了就会受到严厉的制裁。

妈，你出卖我？

张天佑

那次，他被警察"请"到派出所时，赫然看到妈也在那里，便一下明白过来：原来是妈"卖"了他。他咬牙切齿。

这老女人，我赚钱还不是能为她娶上儿媳妇，还不是能让她也过上好日子？他越想心中越气。

他更觉得那次妈对他说的关心话"假惺惺"。那次，妈去外地他姐姐家带外孙，要经过他所在的城市，就来看他。他陪妈在城里玩了一天，妈要走时他送妈去车站。在车站，妈却对他说：你回去路上当心点哈，另外，你无论做什么事情，都要想清楚后果。他不以为然，心想，自己回去就坐几十分钟公交车，有什么好担心的。至于后半句话"无论做什么事，都要想清楚后果"，他根本没听出所以然。

打小，他家里就穷。父亲早逝，就靠妈一个人撑，供他和姐姐上学，吃得差穿得差，很让人家看不起。自尊心，促使他很想赚到钱，改变这种状况。

可出来打工了好些年，他都没挣到钱。其间有一次，他碰到了一位以前的同学。上学时，这位同学的家境就很好，很"不得了"。而此时，同学家里又赚了好多钱，同学便在他面前尽情炫耀，他很不舒服。赚钱欲望便更强烈。

而最切实的是婚姻问题。本来，他长得还行，也会讨女孩子喜欢。可是，跟他谈了三年恋爱的女朋友，在他"穷"这个现实问题面前，听了父母的话，不和他结婚了。遭受这个打击后，他赚钱欲望就更更强烈。

可是他工资不高，照这样下去，猴年马月才能赚到钱？这时，一个"朋友"拉上了他，带他到一家"投资公司"拉业务，每为公司拉到一个"单"，就有25%提成。一万业绩，赚两千五；十万业绩，赚两万五；一百万业绩，赚二十五万。那五百万、一千万业绩呢……，这真是条"好"路子啊，他心里盘算着。

由于他很肯干，又有"运气"，他业绩很好，每个月都赚好几万，是以前月工资十倍。尽管他很清楚，所谓"投资"，其实是公司的金融骗局，但他根本不在乎，只要能赚到钱就够了。赚钱，毕竟要冒点风险嘛！

有了钱，他生活水准大不一样了。夜场，按摩房，赌博……，凡是他这类年轻人能想到的享乐方式，他都尽情享受着。钱，真是好东西。"圈内朋友"认识多了后，他甚至打算，今后能做个像他们公司"老大"这样的操盘者，真正赚大钱。为了怕万一"出事"，赚来的钱，他只存很少数额在自己银行卡里。他把大部分钱都拿回到老家，让妈在老家藏着，也顺便让妈见识一下，他"发"了。

望着一大堆钞票，妈很惊讶。他对妈说，这算啥呀，只不过是我半年收入。你很快就能讨个儿媳妇，你也很快过上好日子。他说这话时，没注意到妈张大着嘴巴。

很快，他出事了，正是妈报的案。警察调查了他，顺着线索，彻查了他所在的公司，抓获不少涉案人员，"公司"老大赶忙潜逃了。而他呢，因为有自首情节，除罚没违法所得外，跟其他人比，处理得很轻。

赚的钱化为乌有，他恨透了妈。尽管，事后妈拿出她自己多年存的六万块钱，让他跟着表哥创业。他呢，尽管恨妈，现在却也只有这一条路走了。由于没有退路，在创业中他很尽心。终于，赚到了钱，买了房买了车，取了媳妇。而他也最终听闻到，他以前公司那个"老大"被抓到了，因为是"集资诈骗"主犯，被判了很多年刑。他总算明白了，认为妈"出卖"他做得对，不然，他恐怕也会落到他以前公司"老大"那样的下场。

那天，他请妈吃饭，给妈敬酒。说谢谢妈，关键时候解救了他，可妈却说：

儿啊，妈并不是圣人，那次你一次拿回那么多钱，妈也很高兴。可妈心里不踏实啊。妈一再问你钱怎么来的，你怎么都不说，妈就只好让警察来查查。毕竟，妈只有你这一个儿子啊！

送我去戒毒所

路志宽

这里靠近金三角地区，所以也就成了毒品最大的受害地。

我是三年前警校毕业分到这里当警察的。其实我不是缉毒警，缉毒的事情不归我管，我被分在基层派出所，就是一个片警。在警校我的成绩是最好的，不论是文化课，还是业务技能，样样都是优等，来到这里，我有了自己独特的经历。

王二狗是一个吸毒累犯，他的前科在公安机关里存了有几尺厚。他知道贩毒的罪过大，刑罚重，所以他一直是只吸不贩。没钱买毒品了，就去小偷小摸，被抓了，蹲几天号子，还得被放出来。是那种人们常说的"大错不犯，小错不断，难死公安，气死法院"的主儿。

他就住在我的管区。自然也就成了我的一块心病。

平日里，很少看见他的人影。不是猫在哪里吸食毒品，就是出去偷盗财物，用来买毒品。这是他活着唯一感兴趣和乐意做的事。

一天下午，我正在所里考虑自己管区内，几个吸毒人员的管理和教育问题。我的办公室门响起了敲门声。

"请进！"

门被轻轻推开，只见王二狗站在门外，这倒让我感到十分意外，平时找都找不到他，这次居然自己找上门来了。我感到有些蹊跷。

他站在门口，点头哈腰地说："路警官，我找您有事！"

"哦，进来，进来说！"

他走了进来，我让他坐下。他显得有些拘谨。

"我正想去找你呢。有什么事，你说吧！"

他犹豫了一下，说："路警官，你送我去戒毒所吧！"

他的话刚出口，就把我惊呆了。我自己心想，这是怎么个情况？不管怎样，我心中还是暗暗窃喜，他能这样想这样做，对这个社区的安全稳定工作，还是大有好处的。

"怎么会有这个想法，会突然醒悟呢？"

他一脸通红，说："您就别问了！"

见他不愿说，我就没再追问下去。答应他，明天一早，就带他到市戒毒所去。

第二天一早，我就把他送到了戒毒所。他鞠躬向我致谢。

事后，我才知道，之前一天，和他从小一起长大的刚子，因为吸食毒品过量死亡了，刚子的母亲知道后，也因为受刺激而不幸离世，这是强子告诉他的。强子以前也吸食毒品，不过他现在不吸了，改邪归正的他，做起了自己的正当生意，现在已是一个身家近千万的小老板了。王二狗下决心戒毒，倒不是因为羡慕强子现在的一切，而是怕自己的母亲，有一天和刚子的母亲一样……

他是个孝子，他的街坊邻居和亲朋好友都这么说。

天　网

唐胜一

细雨蒙蒙的早晨，小巷深处的坡道上，有位满头银发的老太太跌倒在路边沟里。老太太一边痛苦地呻吟，一边伸出手，乞求路人拉她一把。

稀疏的路人熟视无睹，匆匆而过。

好久后，才有一位中年妇女停步驻足，正欲开口跟老太太说话，不料一位汉子快步来到跟前，抢先对中年妇女说："大姐，一看你就想当好人！那好，你把老太太拽上来吧，我给你作证，老太太绝对讹不到你的！"

不听则矣，一听这话，中年妇女就头皮发麻，不由得直起腰来，对汉子讲："你一个男子汉，力气大，就出手拉老太太一把。"说完，转身离去。那汉子也是一脸的坏笑，跟着走开。

就在老太太乞求无助快要绝望时，一位西装革履的伟岸男人动起了恻隐之心，迈着坚实的步子走上前去，张口就对旁观者发号施令起来："瞧你们几位，愣着干嘛，还不赶快扶起老太太？"

"你心善，你就去扶吧！"

旁人也不是省油的灯，七嘴八舌冲着伟岸男人冷嘲热讽，弄得伟岸男人尴尬至极，恨不能找个地洞躲进去。

这时一位小伙子风风火火赶过来，毕恭毕敬地对伟岸男人说："局长，您咋在这？"

伟岸男人像是见了救命稻草，登时昂首挺胸，拢把头发，给小伙子讲："看到没，这老太太掉到路边沟里都没人拉一把，快，你去把老太太扶上来。"

小伙子扶起老太太，看了看，跟局长说："局长，这老太太伤得不轻，得赶紧送医院。"

"且慢。"不曾开口说话的老太太倒是着急起来，瞪大眼睛问小伙子，"你刚才叫他局长?"

"对。"小伙子点点头,告诉说,"他是我们的局长。"

老太太打量局长一番,说:"我不去医院,先去派出所吧。"

"去派出所干嘛?"

老太太有些不耐烦,没好气地回话:"去了派出所,才能找到我的家!"

来到派出所,老太太见到民警,"扑通"一声先跪下,口喊"冤枉",再后落泪哭诉:"警察同志,你可要为我做主啊!他的那个什么局长,把我撞倒路边沟里,人也不敢来了,只由这个小伙子陪着我。你们快去把他叫来,我要他赔我钱、送我去医院治伤,我还要找领导告倒他,这样的人怎么能当局长嘛?"

小伙子都被这情景弄傻了眼,赶紧给局长打去电话:"局长,坏事了。这老太太真是讹人的,硬说是您撞倒了她。"

局长在电话那头倒是显得很冷静,告诉小伙子:"别急,有天网还原事情真相。你叫民警调出电子眼监控录像。"

民警调出电子眼监控录像,事情不是老太太所说的那个样,便让老太太反反复复看几遍。老太太不解地问:"这个怎么拍得这样真实?"民警告诉说是天网工程——电子眼监控。在铁的事实面前,老太太低下了头,自觉理亏。民警趁机问老太太:"老人家,你干嘛要陷害他人呢?"

老太太起始不作声,直到民警连问七八遍,她才坦白:"我呢,摔倒后,其实并没有要讹诈他人的意思。只是后来听这小伙子叫那位要人扶我的为局长,我才起了意,有了邪心。"

"你要讹诈他人?"

"不,我要报复干部!"

"为何仇恨干部呢?"

老人家两眼血红,咬牙切齿道:"因为我的儿子,曾经被他的局长开除丢了铁饭碗,弄得一时找不到工作赚不了钱,妻子与他离婚,闹得家破人亡!"

民警告诉老太太:"老人家,那你也不能走极端,讹诈干部哪。你诬陷好人,可是触犯了刑律喽!"

老太太"唉——"地一声长叹,摇摇头,声泪俱下:"我认裁!"

邪不压正

侯玲娟

下午，59 岁的 S 区查案组组长老匡被停职审查了，原因是涉嫌诽谤和经济问题。

入夜，S 区寇主任和几位部属和下属 X 单位的刁经理等人在全市最豪华的帝王酒店举行"庆功宴会"，寇主任举杯："为我们清除对我们队伍不利的分子干杯！"随从皆附和。酒至三巡，寇主任私下对刁经理说："这个老匡啊！快退休了还这样不识相，清誉毁于一旦，太自以为是了！要不就可以退休回家好好享享清福喽！"刁经理连连点头，"这回得多谢寇主任，为我们挽救了局面，大家再敬寇主任一杯。"……

对老匡的审查已告结束，准备提交诉讼。然而，鉴于群众的反映，上级机关突然派了以李处长为组长的调查组，重新对老匡的问题进行调查，李处长谢绝了寇主任和刁经理的热情接待，立即投入到调查之中。

调查组的小丁和小刘以前对老匡是了解的，据他们介绍，老匡以前一直在区里一个小部门默默工作了几十年，因为办事一向勤勤恳恳、严肃认真、决不含糊，而且严格按规定办事，是一位踏实、安分的人，才被抽调担任了本区一个案件的查案组组长，因而也得罪了一些人。于是李处长首先找老匡谈话。老匡的外表黝黑瘦小，头发灰白，双眼沉陷，衣着朴素。对李处长的到来他显得十分平静："我没有做错任何事，我只是按原则凭良心办事，所以问心无愧。"李处长认真地听他讲查案的经过，以及后来被停职调查的过程。

经过分析，调查组又进入第二步工作。当他们来到寇主任的办公室时，寇主任连忙招呼："大家辛苦了，是不是先吃点点心……"李处长婉言谢绝之后，便立即向寇主任了解情况。寇主任谈道："这老匡乍看起来挺不错，但骨子里不是好货。他在对 X 单位案件的调查报告中对刁经理恶意诽谤，以掩盖自已挪用公款的罪责。这不，幸好有 X 单位里几个部门提供的证据证明老匡挪用公款的事实。其实，老匡争着要调查这个案子完全出于私心，幸好我及时发现问题，才免得老匡诽谤得手。是我揪了这么个蛀虫出来……"李处长认真倾听寇主任的谈话，自己做详细的记录。

紧接着，调查组展开了对 X 单位财务等问题的调查。

调查工作圆满结束了。

正当寇主任和刁经理焦急等待之时，李处长的调查组带着上级机关的处理决定来了。上级机关决定恢复老匡的职务，暂停寇主任和刁经理等有关人员的职务，并接受调查，由老匡继续担任查案组组长进行调查。这个决定使寇主任和刁经理等人大为不满。破口大骂上级不正派，但李处长的话使他们丑态百出。李处长说："首先，老匡的调查报告有理有据，没有夹带个人感情色彩，不能作为诽谤处理；其次，群众的反映与刁经理等人提供的证据有很大出入；而且寇主任在查案过程中犯下了原则性错误，就是和被调查单位的高层领导有密切的私人来往。鉴于此，我们经过研究，做出了决定，并没有违反规定和原则。"

不久，事实真相水落石出。原来，刁经理及上层单位的高层领导贪污巨额公款证据确凿，查案组调查时，他们多次想以行贿手段拉拢调查案人员，但遭到拒绝进而巨额行贿寇主任。寇主任受贿后便采取恶劣手段制造伪证，诽谤他人。

事实澄清之后，李处长来看望老匡。老匡感激地说："这次真是你这个大青天救了我啊！不然我可无法向群众交代。""不！"李处长说，"群众才是你的大青天，你不畏邪恶同腐败分子作斗争，群众感激你，站在你一边。他们对寇等人的检举才使你免受不白之冤啊！"这时，电话铃响了，老匡在他退休前又接到了一项艰巨的任务。